金沙風中轉

落地聚成塔

咕噜咕噜下春山

高军 著

北京联合出版公司
Beijing United Publishing Co.,Ltd.

图书在版编目（CIP）数据

咕噜咕噜下春山 / 高军著. —— 北京：北京联合出
版公司, 2023.11
ISBN 978-7-5596-7248-3

Ⅰ.①咕… Ⅱ.①高… Ⅲ.①散文集 – 中国 – 当代
Ⅳ.①I267

中国国家版本馆CIP数据核字(2023)第193081号

咕噜咕噜下春山

作　　者：高　军
出 品 人：赵红仕
责任编辑：夏应鹏
封面设计：所以设计馆

北京联合出版公司出版
（北京市西城区德外大街83号楼9层　100088）
北京时代华语国际传媒股份有限公司发行
三河市宏图印务有限公司印刷　新华书店经销
字数160千字　880毫米×1230毫米　1/32　8.25印张
2023年11月第1版　2023年11月第1次印刷
ISBN 978-7-5596-7248-3
定价：56.00元

集物之晴，听乐而出门，万钵随心之所之，领受上文的赐予

想开一点吧！鱼与熊掌不能兼得，
　　人生都是这样的。猫生也是这样。

远处的蚕豆花在风中摇晃，
天上云飘过来，
在地里投下了一片阴影，
云飘走了，每一片叶子都绿得闪光。
远处的驴叫起来，
听着像笑得上气不接下气的一个人。

网干酒罢，洗脚上床。
那管他窗外有夕阳！
白石老人曾有此句。

这个人活一世，就是在做减法。
他忽然感叹说："人怎么忽然就老了？
我觉得自己还年轻。"

献给我们
微小而闪光的诗意时刻

目录

第一辑 · 太阳下山

它简直可以说是一场
盛大的季节转换。
像初春时枝头第一茎
暴出的新芽，
像冰层下涌出的
第一道清泉。

论谢顶的美学意义

　　老实地说，我很羡慕中年谢顶的朋友，甚至在羡慕之余还有点嫉妒和恨。一个中年的男人，谢顶不是一下子开始的，它简直可以说是一场盛大的季节转换。这种转换可能起源于某一天早晨起床，发现枕头上几茎头发，或者是梳头时发现梳子上缠了头发，甚至是清理下水管出水口时，发现水下不去，原来是被落下的头发堵住了。你拈起一撮头发若有所思。这一切都进行得静悄悄的，像初春时枝头第一茎暴出的新芽，像冰层下涌出的第一道清泉。你能感觉到风真切地抚摸到你的头皮，感觉到雨水滴在头皮上的清新。头发由青春阶段的旺盛渐渐变成稀疏，然后在发际线前面出现一只美丽的猫头。每当我看到一个朋友头部出现这样的猫头时，我都忍不住想在他前额亲上一口——如果把一个人的头部比作一座山，那么这时一个男人的头发正在进入最美丽的季节。恽南田在他的《南田画跋》中说："春山如笑，夏山如怒，秋山如妆，冬山如睡。"谢顶是一个男人成熟的标志，啊！人生的秋天开始了。

这种转变往往需要好几年才能完成。最近一次和朋友聚会时，我发现许多人的发际线都出现一只美丽的小猫。当我对他们头部的美表示出惊叹时，收获的却是他们的怒目而视。这种事情让我很郁闷。谢顶的朋友似乎对这种事情很介意，甚至是有点痛不欲生的感觉。他们谈到了自己采取的措施，尝试各种民间验方（白兰地、鸟屎、辣椒、生姜、陈醋，勤梳头，戒烟戒酒，早睡早起，章光101，各种中西生发剂……），将这一系列试验都在头上做完之后，头皮仍然不可遏制地显露出来，像突出海平面的孤岛，又像覆雪的富士山。这时他们才如梦初醒，于是想出各种办法来补救。奇怪的是谢顶它往往是谢在中间，很少有人谢在后脑勺或左右两边。谢在左右两边那是斑秃，得上医院治了。于是谢顶人主要是针对发型中间这片空白区域做挽救。最流行的是"地方支援中央型"，这种发型还有一种叫法是"谢广坤式"，就是把周围的头发留很长，然后尽可能往中间拢，再用发胶把它胶住。日常活动时没有什么闪失，但一旦剧烈活动，周围头发散落下来，就造成了不可收拾的局面。最常见的一种是和老婆打架，被她一把薅住那可不是玩的。

有一次我到上海去见一个很多年没聚的朋友，晚上一起在饭店喝酒。那时他刚送完女儿到美国去读书，谈到他这么多年在上海的打拼，谈到他生活的压力，谈到年迈的父母，谈着谈着头慢慢低下来，原来围在中间的头发不可遏制地崩溃下来，微黄的头皮露出来，然后慢慢地开始打起盹来，给人的感觉特别颓唐。我推了推他说："哎！不早了，你还要坐地铁呢！"他忽然惊醒后的第一个动作就是把头发往中间拨。他问我："你认识回宾馆的路吗？"我说："认识！"出来后，我们在外面握了一下手，各自走散。走了几步，我转过身看他一边走一边在整理头发。

另一种谢顶朋友发型是这样的，大部分出现在搞艺术或者被艺术搞的朋友中间，那就是放弃对中部头发的挽救，极力延长脑袋后部头发的长度。平常披散着，像一个河童，又像带发修行的武松。参加激烈的活动时，可以将后部扎成一个小辫，一直拖下来，也是怪标致的。

许多中年男人对谢顶有一种恐慌。我有一个朋友，他从年轻时就对谢顶非常恐惧，因为他听人说谢顶是遗传的，他的爷爷一直到他爸爸都谢顶，他弟弟在二十来岁就开始谢顶了，所以他经常做梦会梦到头顶头发掉得一根不剩。半夜里他会跑到卫生间里对着镜子左照右照，然后用手指摸着头发十分珍爱地梳下来。尽管他那样爱惜，可一过三十五岁，就开始谢顶了。他呼天抢地，到处寻医问药。有一段时间沮丧到不想出门，就是出门也是无论春夏秋冬都戴着帽子。家里的玄关有个柜子，柜子里放了几十顶各种各样的帽子。每次出门前他会站在玄关镜子前面试戴帽子，这种试戴行为要进行好几十分钟。

因为我是朋友圈中特别擅长给人进行心理治疗的人，大家伙儿就公推我给他做一次心理治疗。起初我很抗拒，我说应该由一个谢顶的朋友去解劝他，这样效果可能会好一点。我的理由是患者和患者之间更好沟通。他们说你可以从美学角度给他做一次心理治疗，再者说了你是一个画家，无论是从美学还是美术角度，你都是最有发言权的。于是我就在家里做了点功课。我把平常收集的中国画中关于谢顶题材的绘画整理了一下，主要来源于《晚笑堂画传》和《李可染画集》，还有我自己画的一些对照草稿，做了个集子，就上这个朋友家里去了。

这位朋友在我进门后已经将帽子戴上了，所以我没办法看到他究竟梳了什么样的发型。我以前认识一个人一直戴帽子，他在我的印象中除了戴帽子没有其他的形象。后来他去世了，我去参加他的追悼会，真是悲喜交集。悲的是失去了一个朋友，喜的是终于有机会看看他的头发。结果他躺在一具水晶棺材里，头上仍然戴着他经常戴的帽子。

那天我问这个谢顶朋友的第一个问题是："谢顶美不美？"他果断地回答："不美。"我接着问他："你为什么觉得不美？""那你为什么不秃一个？"他反问。我说："不是我不想秃，我不可能到理发店让人在中间剃掉一块对不对？所有不自然的东西都不美！我不想要不自然的东西。"我摊开收集的画册，然后一张一张翻给他看："这个都是我们中国画大师的作品，你看看里面的人物有哪一个不谢顶？我们的画家为什么去画这些东西？"他摇摇头。我说："那是因为这样画才美！你看看刘松年的《罗汉图》，那里面的罗汉是不是比你秃得还要厉害？"他凑近看了一眼说："那又怎么样，罗汉都是从印度过来的。那边人年纪轻轻就秃了。

这个没有代表性。""好好，我们放下罗汉不说。那我问你老子是不是中国的？"他说："中国的呀！""好，下面我们看老子。"我翻开《老子骑牛图》，我指给他看说："秃不秃？"他说："秃。"

说完他跟我商量说："风哥，能不能不要用'秃'这个词，我听了扎心。"我答应他说："好，不用！换个名词，叫'谢不谢'行吗？"他说："行！"我接着说："老子谢不谢？"他转过脸看我说："谢得蛮厉害！"我说："你对于美的认识是有偏差的，你的美感认识是建立在世俗和西方不成熟的美学经验上的。你看过《阴翳礼赞》这本书吗？"他摇摇头。我说："谷崎润一郎就说了，我们东方审美跟西方审美是不一样的，就拿牙齿来说，过去日本美女的牙都要涂得黑漆漆的。一口长得七扭八歪的牙齿才是标准美人。西方那样整齐的白牙在日本反而是残忍刻薄的象征。谷先生说了，西方人的白牙丑得像厕所的地砖似的，无任何美感可言。所以你看到现代日本女孩子牙齿都不太好，人家也没有忙得全民去整牙对不对？"

他听了点点头。为了更有说服力，我把《李可染画集》中的图片拿给他看，说："你看看这里面的高士，不管是纳凉还是观画、赏莲，有一个是不谢的吗？"他俯身研究了半天说："好像是这么一回事。"我说："主要是观念，观念一转变，你对美与丑就有深入的认识了。"我指着他家里博古架上的灵璧石说："就拿这个石头来说，你告诉我它美不美？"他说："不美我弄它在家里干吗？"我说："这石头有'石有几德'的说法，其中一德就是要丑。不丑它就不奇，不奇就没办法高古。所以人谢了顶，这个人自然就高古起来。我这里有两张图，我画的。这第一张中的高士都是谢了顶的，第二张我把头发都添上了。你觉得哪张好看一点？"他指了指第一张说："还是谢了顶的好看。"

喝了一口茶我接着说："这几张图看过了，我再给你看看《晚笑堂画传》。你看看，从前到后的人物，有几个不谢顶的？这个仰观的老者，多么明显的地中海秃呀！哦，地中海谢顶呀。"他已经没有在意了，很认真地往下看。"你看看寒山、拾得，我们中国的吧。两人都谢顶。"他沉吟了一会儿说："听你这么一说，我的信心好像又回来了。如果我发型弄成画上这样，你看看我穿什么比较搭呀？"我说："就棉麻制品，中式的。手串、佛珠什么你有吗？"他说："有有，要不你等会儿帮我挑一串。你今天这么一说，我心里的包袱就放下来了。"我说："这个人啊，少要轻狂老要稳。你这个发型再加上衣服这么一搭，出去谁敢说你没修行？多大岁数的人了还为这点事情犯愁，不值当的。""那我这今后真不要戴帽子出门了？""天实在太冷还是可以戴的。"

葵花

　　我觉得这个世界上最艰难的工作莫过于两种：一是当值班室的保安，二是开电梯。现在电梯大多数没有专人开了，只有医院里还有。电梯落下来，里面有个胖大婶坐在一个方凳上面无表情问你："几楼？"然后开上去，这么狭小的空间，视线看到的只有笔直的不锈钢四壁。这种工作让我想想都觉得害怕，我觉得我只要开上三天肯定会疯掉。另一个最让我感到害怕的就是当值班室的保安，也是在一个同样狭小的空间里，像长在里面一样，车来了把杆升起来，车进去放下；有人来就喊他登记，问他找谁，哪个单位的，留下他的电话号码。一年三百六十来天，周而复始。

　　以前看到一个人写值班室的保安，说他无聊到猜汽车的号牌尾号是单还是双，猜对了就高兴半天，猜不对就沮丧很久。坐久了起来活动活动，可不敢走远，万一来人或者来车怎么办？拿把扫帚把值班室周围一两百米的地方扫一扫。没车没人的时候，掏出指甲刀修指甲，但指甲已经修得很完美了，于是只好悻悻地收起来。看见一个熟人带小孩过来，拦住他让孩子叫爷爷，不叫不许走。孩子躲到大人的后面，大人就把他从后面拽出来，罚他叫一声。偏这个孩子犟，死活不叫。保安也只好让他们过去了。

看书、听收音机都不行，对着值班的位置有个监控。我叔叔原先在南方打工干的就是门卫这个活儿，他说最受不了头顶上有这个东西。他跟我堂弟说："如果不让我回老家种地，我就索性喝瓶农药死给你们看。"于是就回来了。回到家里老房子屋顶已经漏了，树根都长到堂屋里来了。花了几万块钱把房子修好，修房子的钱正好是他那两年上班的积蓄，但就是这样他也很满意。他跟我说："真的，再让我干下去，我真会疯掉的！我喜欢在地里，虽然说又累又挣不到钱，可是我抬腿就能走啊！"

前天早晨，我走到家附近建行那里，忽然发现香樟树下面长了一棵半人高的向日葵，在晨风中晃晃悠悠的。我驻足观看，这时建行角门值班室里走出一个保安，站在我旁边说："我种的，许看不许动哦！"我说："这花挺好看的，怎么想起来种在这个地方？"我指指香樟树。他说："这四周都是水泥地，没地方种。而且种在这个地方，我一抬眼就能看到。"我问他："那晚上你不值班的时候让人采了怎么办？"他说："我关照晚上值班的人帮我看着。你看看葵花盘子都长出来了。"

我说："这一天到晚坐在这里面是受罪哦！"他说："那没

办法，没本事嘛！到我这个岁数还能干什么，要吃饭啊！"接着他说："这个活累倒不累，就是熬人。一天到晚离不掉人，从我值班室那边看过来，只能看到这个树根。我在这里都干三年了，天天看这个树根，今年想给它变变样子，就撒了一粒种子，谁知道它还长起来了。才开始我以为它长不大，谁知道后来越长越好。没事的时候我给它上肥，你看长得跟地里一样好。这几天开了花，我要不是盯着早让人摘走了。一般男的都不喜欢花，女的嫌麻烦。所以我一看到人看花，我就出来说两句。"我笑笑说："我就是奇怪，这个树根底下怎么长出花来了。"他说："哎！你别看，种上这个向日葵，从我坐的那个角度看过来就不一样了。原先我以为城市里没有露水，可我每天早晨接班的时候，一看叶子是耷拉着的，跟我老家地里一样，上面露水滚来滚去，太阳一照都刺眼。老话怎么说？'一棵草顶一颗露水珠子'，你说有这个话吗？"我点点头。他接着说："天好的时候还有蜜蜂来采蜜，叮在上面。我数过最多的时候来七八只，小屁股上面有黑道道，一拱一拱的。马上盘子里面有籽了，我得当心麻雀来啄它。我也不是小气，就一个盘子，就说收籽能收多少？好玩呗！上次有只蝴蝶来了，漂亮极了。翅膀上有蓝道道，都闪光，宝石似的。我趴那里动都不敢动，它围着花绕来绕去地飞。后来有辆车要出去，它吓跑了！"我说你是个诗人，他挠挠头说："哎呀！让你给说得不好意思，我就是无聊找人聊聊天。好，回见！"

　　昨天晚上下了一场雨，早晨我从建行角门那里经过，发现花让人给撅走了。我停下来看，那个保安出来说："花昨晚让人给偷走了，早知道我给它撒点儿农药就好了，吃死这个王八蛋！"我说："以后种点别的花，矮牵牛、波斯菊。"他说："不赶趟了！我明年还种，结籽的时候就打药，看他还撅不撅了。"

快递小哥

　　前天晚上刚进小区就听到一个人在拼命地叫："杀人啦！救命啊！"我以为是哪家在家暴，抬头朝楼上看，楼上人家把窗户推开往楼下看，然后又听到皮肉撞击的声音，声音从小区的竹林边传过来的。我推着车到了竹林旁边，看到一个小伙子正骑在另一个人身上，他把这个人的胳膊反拧在后面，这个人不老实想把他拱下去，这个小伙子就腾出手在他脑袋打几拳，命令他老实一点。

　　我问："你干什么的？为什么打人？"下面那个人喊："快帮我报警呀！我好好地取快递，这个疯子冲上来就打我。你看把我眼镜也打碎了，东西也打烂了！"我问骑在上面的那个小伙子："你是警察吗？"小伙子举着几个小瓶子说："我是见义勇为的，我怀疑他贩毒。""那你先住手，我来打110。"

　　这时过来很多人，大家七嘴八舌地问那个小伙子为什么要打人。那个小伙子指着旁边的电动车说："我怀疑他偷电动车，还撬快递柜。"他指着地上散落的东西说："这个都是从他身上搜出来的！"我说："你先松开他，这么多人他也跑不了。""不行！你一松手他跑得比兔子还快，电话打了没有？""打了，警察一会儿就到。"

旁边围观的就问被压在他身下的人："你是住这个小区吗？""我住这个小区四号楼。""四号楼在哪边？你给我说说。""我凭什么跟你说呀？你又不是警察，等一会儿警察来了我跟他们说。""那就让他骑着你吧！"围观的人悻悻说道。被压着的人说："四号楼旁边有个防火梯上去，下面有个厨房。"大家听了面面相觑，他说的都对。又有人问了："那你说说，我们门口的保安是年轻人还是老头？""有老头也有年轻人！你们把他弄下去呀，他那么壮，把我骨头都快压断了，你们快把他掀下去呀！"又有人提出一个疑问："你说电动车是你的，你把电动车钥匙拿出来。如果能启动就证明是你的！"压在地上的人听了不说话，其他人过来掏出手机拍照。

竹林那里很暗，拍照的时候闪光灯一亮，我看清被压着的这个人也是二十多岁，穿格子衬衫，牙齿有点微龅，脸像一个狐狸的脸，下巴很尖。骑在他身上的小伙子是张国字脸，一道剑眉，浑身肌肉很结实，个子不高，像民间所说的"车轴汉子"。过了一会儿工夫，小区保安带着警察来了，后面跟着承包这个小区物业的"夏梦"。"夏梦"是个胖老太太，因为小区现在交物业费，都是通过手机微信转账给她，看到她在微信的名字叫"夏梦"。"夏梦"一路走一路叫："谁敢在我们小区搞事？是谁？胆子太大了！我们小区一贯太平无事的！"她这话也不知道是说给业主听的，还是给警察听的。我感到特别好笑！

警察来了问："谁报的案？怎么回事？"我举了一下手说："我——看到他们打架。""松开！松开！怎么回事？"壮小伙说："他偷电瓶车，还撬快递柜！"他松开地上那个人。那个人带着一脸的青肿站起来说："警察同志你别听他胡扯，我晚上回家正准备上楼，想到楼下快递柜有一个快递没拿，我正开箱子呢，他蹿出来就打我。你看看给我眼镜也打碎了，东西也摔烂了……"警察又转向那个壮小伙问道："你是要干什么？""我是附近的，看他不对头所以追过来的。刚好看到他撬快递柜，就把他给逮住了。""好——现在把身份证都给我，都跟我们回所里去！""那他打坏我怎么办？""事情搞清楚了，让他赔你！""其他人别看了，这有什么好看的？疫情还没结束呢，传染上可是玩的？都散了吧！"

昨晚上我回来，特意到值班室问了一下值班的老头。我问："抓住的那个家伙是小偷吗？""是小偷，专门偷快递柜的。昨天晚上偷了好多化妆品。""咦——小偷都改行了吗？"值班的老头说："你想啊，现在有支付宝、微信，钱是不好偷了。我家那几个小孩一天到晚手机不离手，你跟他讲话他都不理不睬的，手机一刻不离手。你怎么偷？不偷快递小偷都没活路了。"我说："你讲的也是，那个小伙子是见义勇为的？""不是！是快递公司专门抓撬快递柜的。他们在监控中看到了，就派了一个人过来，估计他要到我们小区，就在这里蹲点，抓个正着。""那他为什么专偷化妆品？""这些人精着呢，现在人什么都网购，连抽水马桶垫子都网购，小偷要这个干啥？他都是偷东西小又值钱的。"

上次某人网购的口罩就被人偷走了，后来打电话联系快递小哥，他说那只好他个人赔了，让我们选择是要钱还是要口罩，那时口罩特别紧缺，我们也不想为难他，就说你给钱吧！他说："你们不是急用吗？我妈是医生，家里有外科口罩。我给你们拿一打吧！"上次他来收件，我问他丢了东西怎么办。他说都是自己掏钱赔，估计他们对这些偷快递柜的小偷都恨毒了。他在打包的时候说："现在这一行也不好干，寄东西的人当中什么人都有，遇到一个寄违禁品的那就完蛋了！所以我们收件的时候都要很慎重。有的当场不能检查，回去以后也要查一遍。上次一个人寄东西到香港，我问他是什么东西，他说是一盒茶叶。我心里当时就纳闷这盒子未免也太小了吧！"我问他："大概多大的一个盒子？"他说："比牙签桶大不了多少，而且还要加急。我收件以后回去越想越不放心，把盒子里的茶叶翻开，里面藏着一个小瓶子。""什么东西？""一小瓶血样。""这个也不给寄？""不给寄！退给他了，我跟他说这个寄不了，他接过来也没有二话讲。"

疫情期间，快递不准进小区，傍晚的时候门口快递的三轮车都排队。经常到这里来的有顺丰、中通、圆通、韵达、EMS，尤其以 EMS 的小哥穿得最破，像个要饭花子，不知道是他个人穿衣风格，还是公司发的衣服就这么破，衣服挂破多处，他也不补，不像企业员工，倒像丐帮八袋弟子。这个家伙头发很长，一天到晚睡不醒的样子，眼睛红红的，还有眼屎，绿色的工作服衣襟上到处是油，是不是下班还在厨房打一份工？裤子屁股处磨得发黑。每次送邮件来，他不是好好地交到你手里，而是隔了很远就望空一抛，像投三米篮似的。我被他训练得见到他就想起跳。最近他又找到一个窍门，快递从小区的铁栅栏那里递给我。每次来之前，他提前打电话叫我到楼下铁栅栏那里等他，这个地方比走前门省五百米的路程。他见到我就很诡异地一笑说："来啦！""来了——"知道的是我在收快递，不知道还以为是两个毒贩子在接头呢。

所以一般国内邮件我都不选择他们家，但是从国外寄来的邮件大多数还是中国邮政寄送。一个在日本的朋友给我寄了几张旧画，EMS 一个快递员开绿色小面包车送来的。他联系我的时候，我离家还有五分钟路程，我让他稍等一会儿，他大怒说："我给你退回去了！"我说："你退吧！现在我就投诉你——"他听了软和下来说："那我等你吧！搞快一点！"

顺丰做我们这片生意的小哥比较有意思。以前我寄东西时，他都会帮我看看有没有什么优惠，领了优惠券可以便宜几块钱。我问他老城区这边生意怎么样，他说不怎么的，没有新城区那边好，这边住的大多数都是上了年纪的人，不网购，也没有什么做微商的。我说："你这个小三轮挺好看的！"他说："才入职的时候只有电动自行车，后面有个架子装货，干时间长了才能发三轮车。有个三轮车好多了，上楼可以锁起来。不过现在有那些坏蛋，把整个车给你偷走——那就惨了！""你这个车上的大头贴是你老婆儿子？""嗯，这边贴的是我女儿，现在在老家，我爸我妈带着呢！""你骑上这个车，一定浑身充满力量，而且是核动力对不对？"他说："好玩呗！学习又不好，不干这个干什么去？"

前段时间我在公园跑步，在一个隐僻的地方，发现一辆被搬空的顺丰快递车，我很为我家附近这个小哥担心：别不是他的车子吧？早晨我出门买菜，从对面马路过来这个小哥，他身披万道霞光骑过来，经过我身边时他打招呼："早啊！"我说："早！"

上门维修的师傅们

过日子除了柴米油盐之外，还有日常七七八八的要修理，或者是龙头关不紧了，或者是灯开关不灵了，电风扇摇头又不摇了，地漏下水道又不通了，总之有各种各样的状况。居家过日子似乎总是有东西要坏，有东西要修。一般小的修理我自己能做，比如说换水龙头，换灯管和灯泡，换抽水马桶总成，还有换车胎等等，但是遇到大的比如落水管改道、在厨房装热水器，还是要请人。

这几年人工费逐年上涨，以前网购一个灯具，请人来装不过二三十元，现在没有百元简直没人理你。国外水管工、园艺、铺地板的工价都很高，这在未来也是个大的趋势。现在孩子上了大学以后，简直连个动手的活都不想干，其实这也损失了许多动手的乐趣。我的修理技能是跟上门来维修的师傅学的，这里面有的人肯说，有的人怕你抢了他生意，不大把里面的窍门告诉你，比如换抽水马桶，那个浮子如果调不好，不仅费水还漏水。夜深人静的时候，老是听到卫生间有断续的流水声，打开来看也看不到明显的水流。

　　我在维修的过程中，也认识了几个师傅，跟其中一个修水电的师傅还加了微信，逢年过节就发个问候。他有一次到市场进货，缺一千元现金，找到我问能不能借点，我说当然可以。他进完货就在微信中将钱转给了我。这个人很怕老婆，说到老婆的时候，都会惊慌地看看周围，似乎她的耳目遍布空气中。我问他为什么这样怕老婆，他说："不知道怎么搞的，就是怕。俗话讲卤水点豆腐，一物降一物，我是被她降住了。"他干活很利索，开始动手之前，会将应用的工具按顺序摊开，像一个经验丰富的主刀医生，收工的时候再按顺序放回。他借了我一支铅笔画线，回去整理工具的时候发现了，连夜送上门来。有一次因为自来水的水压问题，打电话问自来水公司，接电话的工作人员说只要室外的压力够，室内他们是不管的，你自己找人看看是不是哪里管道锈蚀了。我连忙打电话请这位师傅来修，他说手头接了一点小活，最近又摔了一跤，可能要晚几天来。我说没水用一天日子也难过呀，他说那你到我家来接我一下，工具箱我拎不动。我说摔得挺严重吗，他说腰直不起来。我说那算了，我另外找人吧！他说："你来接我一下吧，你们家水管从墙体里穿的，我比较熟悉。"

　　他告诉了我地址，我去接他。看到他老婆我也觉得好怕，长得黑、大、麻而胖，孙二娘似的站在一堆水暖器材当中。她瞅我一眼问："什么事？""找你老公修东西！"她对着里屋喊了一嗓子："别在那里哼了，人家找你干活了——"我问他老婆："可行啊？""没事！没事！他就是虚，就扭了那么一小下。"她用胖胖的手指比画了一个小圆形，意思这个病痛大概有那么大。"可到医院看了？""贴块膏药就行了……没什么大惊小怪的。"

他从屋里一拐一拐出来，指指地上的工具箱说："不好意思，麻烦你帮我拎一下。"他老婆在旁边一直用看表演的眼神看着他。路上我问他："这个水暖日杂店是你的？"他说："是的，附近几个门面都是我的，现在租给人家开饭店。"我说："你家业不小呀，还这么吃苦死干？"他说："我不干，你看我老婆可饶得了我？"我听了摇了摇头。他说："哥——你不知道我日子难过哟，我一天不出去搞点钱回来，她就给你甩脸子。"我听了脱口而出："揍她！我跟你说：'三天不打，上房揭瓦。'"他听了吓得一晃说："哥哥——这也没外人，吹吹牛行。我没这个胆，再说了她给我养了个儿子呀！""你几个小孩？""两个，一男一女。我大女儿都上大学了，学医的。""养那么多干吗？""你是儿子还是女儿？""儿子。"他说："你是站着说话不腰疼，你有儿子，当然不知道没有儿子的难处，以前只有女儿时，我逢年过节回老家就抬不起来头，人家说我挣再大家业，都是帮人家挣的。你说谁听这个话不灰心丧气，我老婆给我长脸，哼！养了个儿子，看别人还有什么话说！"

我扶着他回到家里，他一边哼唧一边把工具拿出来。水管在洗碗槽下面，他爬不进去，让我用手机拍照给他看。他看了一眼说："这一截管子锈死了，要换掉。"他说你来干，然后他教我怎么切管子，怎么缠生料带。弄了一大晚上，总算是修好了。付钱的时候他说："我收一半吧！活都是你干的，我只提供了技术支持。"我说："你伤成这样能来，我就很感谢了！"微信转钱过去，他只收了一半，多余的退了回来。

后来跟他打交道多了，觉得他人很有意思。他弟兄两个，母亲去世比较早。他在家行二，在老家的时候，他父亲在家做鞭炮，挣了些钱都给老大盖了房子，两上两下的一幢小楼。到他娶媳妇的时候，当地政府取缔了家庭鞭炮作坊，他爹在家偷着干，一不小心爆炸了，不仅没挣到钱，还把老屋给炸没了，所以就让他跟人学木匠去了。这一点让他不能释怀。他跟我说老头还有钱，但是老头说是养老钱不能动。他说："我又没钱又没房子，好的媳妇找不到，只好凑合凑合了。我年轻的时候长得挺帅的，不骗你。"我仔细看了看他，从这个"遗迹"上也没有发现过去他帅的迹象。

我问他："你干木匠的怎么会水电呢？""水电其实比木匠简单，我跟你说，过去说木匠是'木秀才'，笨人真的学不成一个好木匠。我那时在工地干活，没事的时候跟在水电工后面看看就会了。这个东西简单！你要想学，跟在我后面干个半年就出师了，要能吃苦！"我问他："收入怎么样？""还可以，没有三四百一天，我是不干的。"我听了挺心动了，跟某人商量以后学个水电工。我说："你看过《绝望主妇》吧？那个水电工超帅，帮人家维修水管的时候，主妇穿个三点式在外面往身上浇水，想引诱水管工。"某人说："你一天到晚哪来这么多不健康的想法？

谁敢请你上门搞维修？别说挣不到钱可能还要倒贴钱。再者说了，你个人条件也不行啊！电视剧上面那个水管工多帅啊！如果有那样的，就算节衣缩食我也要请人家上门来修呀！呸！呸！"

那次修完水管后，我们有大半年没联系。后来有一天他打电话给我，问什么地方看骨科比较好。我问他："你上次摔伤还没好？"他说："当时拖了很长时间没看，后来一干重活腰就疼。"我说："那你赶紧去看看，拍个片子看看骨头有没有事。"过了没多久，我到他店里买水龙头，他老婆在店里。我问他可好了，他老婆说："没什么大事，哎呀！上岁数了谁没个小毛病，今天上工地干活去了。"

昨天请一个师傅来清洗洗衣机，这个人简直是个话痨。我听他口音像安庆那边的，我问他是安庆哪里的，他说怀宁。我说怀宁那边做包子的人多，他说他以前也开包子店，不过今年生意不好。前几个月没人，房租费一分钱还不能少，熬不下去了，出来帮人清洗洗衣机。我问他："那包子店呢？""我老婆在干，再看看，如果赚不到钱就不干了。"

我问他："你这一天能洗几台？"他说："昨天洗了七台。""那还可以，一天收入七百，一个月两万多。""大哥，账不是你这么算的，也有不想干的时候，有时候活也没那么多，摊下来一个月一万四五千块钱是有的。不过我喜欢玩麻将，存不下来钱。包子店正常一个月也能搞个两万多块钱。""那收入很不错了，新闻讲有六亿人月收入才一千块，你算是高收入阶层。"他说："我老婆也喜欢打麻将，不是一家人不进一家门。我在贵州开手机店的时候认识她的，在麻将桌上认识的。我家祖传打麻将，我爷爷、爸爸，到我三代了。我十二岁就学会了，当兵在部队也喜欢打……当兵五年，连组织问题都没解决。啥手艺也不会，退伍以后我在外面蒸包子，全国好多地方都去过。大哥你做生意还是上班？"我说："我画画，写东西。""哎——你这行不好混吧？现在人人有手机，天天看抖音。哪个有耐心看书啊！""唉……挣不到钱。""挣不到钱就改行，人不能一棵树上吊死。你看我卖手机，蒸包子，现在清洗洗衣机、空调。虽然我也存不下来钱，现在房子还是租的，但我把自己爱好给养住了。""是打麻将吗？""我现在小麻将不爱打，一打就瞌睡。一晚上输赢个百来块钱的，人家喊我去我都不去。""那你要打多大的？""两三千块的吧！""那一个月收入岂不是几场输掉了？""天天打不可能天天输，就是有输有赢才好玩。一看你就不是喜欢打麻将的人。赌场上钱也不是钱！赢了就吃喝玩乐，输了再下苦挣呗。你帮我把龙头拿着冲，我来刷。衣服那个小绒绒积在里面不刷掉，下次一洗衣服，全絮在衣服上。"

阳台上比较闷热，一会儿工夫他的衣裤全部汗湿了。我说："你要不要喝点水，吹会儿电扇？"他说："不了！你这个是我今天最后一单活，干完回家搞点啤酒，晚上三缺一。""挣钱不容易，不能把麻将戒了？""戒了就没动力挣钱了，人活着没点儿爱好，活着干什么？"

大象大象，你的鼻子长

　　晚上散步的时候来到逍遥津公园，忽然想到这个园子我有十多年没有来过了。我想到了儿童游乐园的大白象滑滑梯，就信步往那里走。大白象还在不在？

　　晚上游乐园的门口人迹寥寥。旋转木马早已停下来，门口有个小亭子，念经一样反复播放着："旋转木马十块钱一次——旋转木马十块钱一次。"售票的人看我走过来，稍稍抬了一下头，看我不像坐木马的人，又把头埋到胳膊里睡了起来。摩天轮上亮着灯，上面的椅子一动不动，显得很落寞的样子。没有儿童的游乐园显得十分冷清。路两边高大的法国梧桐罩住了天光，游乐园里显得很暗。我在昏暗的光线中一眼看见矗立在儿童乐园里的大白象。"啊！大白象你好！"我小声地说出来。大白象伸着长长的鼻子，很乖地站在那里。

　　这头白象有个哥哥在上海，这是幼儿园老师告诉我的，我一直记着。小的时候，春秋两季遇到天气好的日子，幼儿园老师经常领我们上这里来滑滑梯。老师让我们排好队，一个人抓着前面一个人的衣服，像"老鹰捉小鸡"一样。张小点老是不愿意让我抓她的衣服，她嫌我是鼻涕大王，怕我的鼻涕沾到她身上。现在想到这个事情我还百思不得其解：为什么那个时候我有那么多鼻涕？又是谁教我把滴下来的鼻涕漫天一甩的？总之，张小点不让我抓她的衣服，我抓了她就会委屈地哭起来。张小点抽抽噎噎告诉老师："林老师——他弄脏我的花衣裳。"林老师就翻她一眼说："你怎么那么臭美呢？不许哭。"

张小点喜欢做值日生，但她不喜欢倒尿盆。午睡时候，厕所的门锁上了，尿尿要尿到一个痰盂里。张小点就想出各种花招躲避劳动。我听到张小点哭，就忍不住在后面拽她的头发，使她哭得更响一点。张小点的头发就像火车上汽笛的绳子，一拽就叫起来。

林老师指着大象说："这头大象有个哥哥在上海，个子比它要高一些，鼻子比它长一些。大象——大象——你的鼻子长——"于是我们就跟着林老师后面齐声喊："大象——大象——你的鼻子长！"张小点落在后面喊："呜呜——大象——大象——你的鼻子长——呜——呜。"林老师问："孩子们！谁能告诉我大象是什么样子的？"马红光举手答："大象的鼻子长！"王雷宝举起手，踮着脚喊："老师——老师，它的耳朵大。比猪八戒的耳朵还大！"王雷宝的爸爸是厂里的工程师，她说她爸爸每天晚上睡觉的时候都给她讲故事，所以她知道猪八戒，这一点让她很骄傲。林老师说："我们都闭起眼睛走过去摸摸它,然后告诉我大象是什么样子的。"于是我们排着队过去摸象,后来我猜想林老师一定知道"盲人摸象"这个成语。

那时候我们个子都小,没有人可以摸到大象的屁股,连大象的腿关节也摸不到。林老师又拍了拍手让我们排队上去坐滑梯。大象的鼻子下面站两位小朋友,帮着扶起从上面滑下来的小朋友。我们玩得别提多开心了!刚滑下来马上跑到队尾排队。二迷糊跟许大头两个人插队,被林老师从队伍拎出去罚站。王雷宝每次滑下来的时候,都特意绕到他俩前面,得意地瞟他们一眼。许大头就对她翻白眼。那天我看林老师很开心的样子,就跑到林老师的面前问她:"林老师,大象真有个哥哥在上海吗?"她看我一眼说:"有呀!下次我回上海去给它哥哥照张相。"

这个厂子的人,许多是从上海迁来的。他们的哥哥姐姐、爸爸妈妈都在上海。每年过春节的时候他们都要回上海,带着本地的花生、菜油,甚至是猪肉。那时绿皮火车很慢,他们就把猪肉挂在车窗外冷冻。回来的时候背着大包小包,里面装着帮别人带的大白兔奶糖、泡泡糖、的确良布料。他们打开包的时候,每拿出一件东西都会引起一阵赞叹。大家都感叹说:"上海的东西就是不一样!"糖也比我们本地的甜,衣料颜色也比我们本地的鲜。香烟——"牡丹""凤凰",加香精,真香啊!

林老师的发型虽然梳得跟本地人一样,但不知道为什么就显得那么好看。她的刘海儿是弯弯的,搭在前额上,像烫出来的一样。

有一次林老师拿出一张照片给我们看，上面是她一家三口站在上海一个公园的白象滑梯下的照片。这头大白象比我们公园里的大白象要整整大上一大圈。白象下有个清瘦的少年站在他们夫妻中间。林老师的手搭在他的肩上，他羞涩地笑着，似乎还有点不适应。她指给我们看说："这是大白象的哥哥呀！"我问林老师说："我们公园的大象会到上海去看哥哥吗？"她说："它走不了，它走了谁能给小朋友做滑滑梯呢？"

这个厂子里许多人都走不了，他们在本地已经生了根。他们保留下来的只有上海口音或者饮食习惯。很多年后，我在厂门口的公交车站看到一个老年妇女，她正在等公交车，一边跟人聊天，说着地道的本地方言，然后她看到一个老同事，这个老同事大概也是一个上海人，她们两个立刻说起上海话来："侬好！碰到侬交关开心了！""侬最近哪能？窝里相宁好伐……"

不知道从什么时候起，我们就不喜欢大象滑滑梯了。连六一儿童节，老师组织到儿童乐园去，都会引起一片失望的嘘声。不过大象总会等来新的惊叹者。我儿子三四岁时，我也常带他到这里来玩滑滑梯。我跟他说："爸爸小的时候也经常来玩的。"他看着我，似乎在奇怪我竟然也有小的时候。他们的玩法跟我当年也没有什么两样：无非是围着大象绕来绕去，摸摸它的耳朵，摸摸它粗大的腿。

如果说时间可以用一种形象来呈现的话——在我的概念中，它就是一头大白象，缓慢而不可阻挡。大象的每个行动都很缓慢，它慢腾腾地用鼻子把草卷起来，放在自己膝盖上拍打，然后慢慢放在嘴里，再慢慢地吃掉它。去年我遇到幼儿园的朋友二迷糊。我问他："林老师还好吗？"二迷糊说："林老师不在了，前几年就去世了。她患上了老年痴呆。她儿子把她接上海去了，在上海去世的。""以前最讨厌你的那个张小点也不在了。"我问："怎么了？"二迷糊说："脑梗。"我说："她岁数不大呀！"二迷糊说："黄泉路上无老少。人真是不经活呀！一转眼工夫，我们都四五十岁了。"我们相对感慨了一会儿，就各自走散了。

黑暗中我摸着大白象冰凉的鼻子，也就是滑梯的主体部分。这里已经被几百万个屁股磨得很薄了，据说前几天公园还修缮了一回。我在心里默默念道："大象——大象——你的鼻子长，真长呀！"我爬上滑梯，扶着栏杆慢慢坐下来，从上面一滑而下，然后站起来，拍了拍屁股。我一边往外走一边回头看它。大白象站在那里，它的眼睛里似乎流露出一种温柔的神情。

夜归的诗意

一个人活在世上，大部分时间是在重复，能够小小旁逸斜出的就是喝酒。

喝酒能短时间内修改人的性格，俗话说："酒壮尿人胆。"酒能使弱者强，强者恒强。寡言的变成个唠叨精，像坏了的唱片机。他会拉住经过他的每个人说："我跟你说一句话，就一句。就一句——我没有喝多。"然后如此循环往复。平常多话的变成一个深思的哲人，对着自己创造出来的一摊物质，面色凝重地格物。木心先生说人是快乐与忧伤的导管，其实人活着哪有那么多快活与忧伤，大部分时间是漠然。像月球上的环形山一样荒凉的漠然。

在这种情况下，我允许自己偶尔放纵一下，一个月或者两个月之间喝顿大酒。我欣赏醉人的步态，有的人可以从马路一边用一个"S"形走到马路另一边，还有的人会试图顺着铺马路的地砖走成一条直线。我就是后面一种人，我不想让别人看出我喝过酒了，所以我竭力表现得彬彬有礼。在我喝完之后，我会帮女人打伞，帮人开门提包，爱跟人道歉，尽管她们都不让打伞，也不让我提包，更不接受我的道歉。喝了二两以后，我觉得我就是这世界的王！

有一回我喝完酒，在路上发现一个啤酒罐，于是就一路踢回来，结果在路上又遇到一个酒鬼。他问我说："你是国际米兰队的吗？"我说："Yes。"那天晚上我穿了一件蓝底黑条的衬衫。他说他是北爱尔兰的，然后伸出手跟我握了一下，就从我脚下把啤酒罐给"断"走了。我就跟在他后面反抢，他用身子护住罐子。就这样我跟他踢了三四公里，过了一会儿，他气喘吁吁地用手打了暂停的手势说："中场休息，停一会儿。"说完，他坐在马路边的台阶上把脸贴在膝盖上擦汗。他问我："有烟吗？我的烟丢在饭桌上了。"我掏出烟扔给他一支，他浑身上下摸打火机摸到以后点上，很满意地吸了一口，才环顾四周问："我这是走到哪儿了？"因为这一场运动我们都一身大汗，我的酒好像醒了一点。我说："到逍遥津公园了，你家住哪里？"他仰着头想了好久，然后又用手一下一下地拍，似乎这样有助于接通大脑中记忆的回路。我们家过去收音机不出声音，或者电视机不出图像，就是用手拍，拍一会儿赵忠祥就出来了。

他把手伸到衣服里面掏出一个警官证，又用手机上的小手电照了一会儿，说："这不是我吗？"随后他警惕地问我："你是谁？我怎么跟你跑到这里来了？"我用脚踢了地下的啤酒罐子说："你刚才不是跟我踢球来着，还说自己是北爱尔兰队的主力？"他又用力拍了一下脑袋说："啊——啊——我想起来一点点了，真喝多了。今天晚上外地一个战友来，四个人干掉六瓶。"我问他家住在哪里，他指了指相反方向说："我住西面。"一边说一边站起来，"我走了，罐子我踢走了。"我挥挥手说："你踢走吧！"他把空啤酒罐向西踢过去。过了一会儿我看不见他的人影了，就听到"哗啦哗啦"的响。我摇摇头自言自语说："北爱尔兰队！北爱尔兰队！"这时我觉得脚上隐隐有点疼，只好踮着脚回到家里，蹑手蹑脚地上床，努力不发出一点声音。这时一个严厉的声音问我："今晚又跟谁喝去了？"我说："我可能受伤了，国际米兰队主力受伤了。""死去吧！——懒得管你。"

前几天我到泸州老窖去参加一个采风团，晚上在江边一条船上喝酒，喝的是冰镇过的"1573"，冰过的酒劲来得慢。我觉得有点晕的时候就停了下来，走到船舷上看江边灯火投射在水里，像水里开了无数棵花树，江面上有夜渔的小船在急流中回旋不定。远处有闪电如划火柴一样亮起来，雨说下就下来了。因为雨大，在船上坐着也是坐着，于是喝酒的接着喝，船上的服务员拿来麦克风，我们这些老人家唱《三套车》的唱《三套车》，"小白杨……""咱当兵的人……""说句心里话……""啊——牡丹……"把中国二十世纪七八十年代流行歌曲唱了一个遍。好不容易等到雨停了，他们说还没唱尽兴，要到歌厅里去唱。我在歌厅坐了一会儿，觉得气闷，就走出来坐在外面吹风，当时强烈地想喝一杯啤酒。不知道为什么我又想起那个踢啤酒罐的夜晚，我就走到江边大排档上要了一罐啤酒和一份凉面。泸州的凉面非常好吃，又点了棒棒鸡和兔头。凉面分量太大了，我吃了一半实在吃不完，便把盘子推开。这时江风浩荡，把空的啤酒罐吹到地上。它滚了一会儿，停下来，似乎在逗引我说："来呀！国际米兰的主力。"看我不过去，它又向前滚动了几下。我想过去踢它一脚，但是觉得没有兴致。我觉得自己已经不再年轻了，连喝高了也明白这个现实，于是走过去，把它捡起来扔到垃圾桶里，回到宾馆已经快十二点半了。

第二辑 · 小房子

栽一棵香樟吧，
我喜欢闻香樟的味道。
你爸如果要树葬，
栽远一点。
给他栽一棵臭椿，
臭死他！

妈妈的小房子

妈妈让我带她去看墓地。她的要求是：离老家祖坟山不要太远，要靠东边。周围要有山，要有一片小树林，不然夏天晒得很！

去年有一天傍晚，我妈在蔡大妈家打麻将回来，巷子里遇到一个算命盲人。盲人手里拿着一个小锣，戴一副圆墨镜，另一只手拿着一根竹竿，竹竿的另一头牵在一个女人手里。她看了，忽然觉得心里一动，就喊住他，算了一命。算命先生仰着脸，手指头掐来掐去，像一个计算机正在调用内存。嘴里还哼哼唧唧的，这相当于启动硬盘。运行了半天，他得出结论：寿限八十四岁！我妈说："不能多一点？"他说："阎王叫你三更去，不得留人到五更！啰唆——"我妈把钱递给他。"没有微信和支付宝？""没有。""麻烦！我找找有没零钱……"

从那以后，我妈就开始着手找墓地。她跟我讲："七十三、八十四，阎王不请自己去。这个事情要抓紧了。我今年就觉得饭量小多了，老是觉得噎得慌，晚上睡觉也睡不实。"我说："你又神神道道的？外婆活到九十多岁，你且有的活呢！""那也得做准备，省得到时抓瞎。这个地方，要我自己满意才行的。"

"郊外有个公墓，城里人去世了，都埋在那里。要不要到那里看看？"

"我不想去。那么小的地方，一平方米也没有，要十几万二十多万，太贵了！而且冬至、清明还堵车，我不要去那里。还是回老家好，葬在老家祖坟山上，你们花点钱，请人刻个碑，碑下面把你们的名字还有孙子们的名字都刻上。将来你们老了也埋在那儿，一家人亲亲热热地在一起多好。"

我讲："这个有点难办了，现在老家那边已经废除土葬了。就算有坟山，也是火化以后再埋，还必须是当地农业户口。不然村里也不许你来，埋下去也给你挖出来！"

"他们怎么这么不讲理呢？我是出生在这个地方的。"

"这个是国家政策，我有什么办法！县里不是有个公墓吗？那里应该也可以。"

"那我就想跟自己爸爸妈妈在一起不行吗？"

"真的不好办，上次我问了村干部，他们东扯西扯的，不肯给一个说法。再者说了，老家现在就叔叔婶婶他们在家，他们百年以后，小孩子也都在外面买的房子。也没人给你们坟头添土、拔草，还不如就葬在县里。反正也不远，七八十公里路，冬至、清明，我们开车个把小时也就到了，你看行不行？"

"实在没办法，只有这样了。唉……也就是两代人的事情。

你们这代去看看，到了孙子这代去看看，再以后就没啦！"

我妈讲："买这个墓地呢，我要用自己的钱。这个是我自己的小房子，你爸以后不听话，我就撵他走。年轻的时候，我为房子没少受他的气。记得有一年快过春节了，大概你上小学三年级，你期末考试成绩不好。你爸拿皮带抽你。我顶烦他这样——老是把小孩子当兵去管。早晨六点起来，刷牙的杯子，杯把都朝一个方向；被子要叠成豆腐块；洗完脸，毛巾要搭得边角对齐；星期天没事也把你们六点钟喊起来。他这个人虚荣心强，就为了别人夸他会管孩子，有家教。战友、朋友来了，借钱都要请人吃饭、喝酒，还不许你们上桌子。小孩子谁不想吃点好的？你也没骨气！如果我是你，我现在根本不管他——"

"那我有什么办法？他现在老了生病了，我又不能不管他。再说这都是哪一年的陈芝麻烂谷子，翻这个有意思吗？"

"反正我是不想跟你爸在一块。上次你姐劝我说，买合墓划算。勉强跟他在一块吧！但这个钱我自己出，谁出钱我都不要，我出的钱，我有自主权，他再跟我发脾气，我叫他滚！"

我笑起来："我爸能滚到哪儿去？"

"气人哎！成绩不好就不好，我们家小孩子脑子都有点不够用，这一点随父母。你爸就不接受这个现实，一天到晚想让你们上个北大、清华，那你自己怎么不考个北大、清华光宗耀祖？成绩不好就往死里打，拿皮带把你抽得在地上直滚。我劝他，他就把火撒在我身上，说你们都是我惯的。你爸以前还有个坏毛病，喜欢摔东西。他摔一样,我就摔一样,家里东西摔个稀巴烂。锅碗瓢勺统统摔烂,反正不过了。你爸当时跳起来说:'房子是我的,你给我滚!'滚就滚,年三十下午,我到长途汽车站买了车票回娘家。那时路不像现在这么好,车开到我们镇上,天都黑完了。外面下着雪,我走到你外婆家,身上都湿透了。我妈抱着我大哭了一场。所以买墓地一定要用我自己的钱。"

"好,我也把我的心思跟你们讲一下。你们老了,生病了,我们尽自己能力给你们治。尽量让你们少受罪。以前奶奶和外婆她们在乡下,也是活到寿限就走了。那时候没上医院,如果上医院,插上管子,也许可以多活个一两年,不过那样没什么生活质量。"

"是这个话!如果能不受罪,明天死我都干!"

我妈讲:"这个人活一世,就是在做减法。年轻的时候,欢蹦乱跳的,能吃能喝能唱。记得'文革'那几年,公社里组织一个宣传队,到每个生产队唱歌,跳'忠字舞'。许旺达跟人赌喝猪油,吃锅巴。生产队煮一大锅饭,锅巴铲起来一大盆,许旺达一勺猪油一口锅巴,就这样把一大盆锅巴吃掉,一大茶缸猪油喝掉,什么事都没有。现在想想都怕!许旺达现在骨头都能打鼓了吧?人到了年龄以后,饭量不行了,腿也不行了。像我们这个岁数,晚上脱了鞋,早上还不定能不能起来呢!我们现在过日子,都是论'天'的。你爸年轻时候就爱看个书,你现在叫他去看!"

"早不看了,连评书机都不听了。耳朵聋了——"

"现在想想,我这个命也不好,为什么死了还要跟他埋在一块？还是我自己一个人好些，老头子你们看着买远一点。"

"树葬怎么样？"

"便宜吗？"

"几千块钱。"

"那也行，栽一棵香樟吧，我喜欢闻香樟的味道。你爸如果要树葬，栽远一点。给他栽一棵臭椿，臭死他！"

有关生死的讨论

    过了冬至我爸的身体就不太好，头晕，夜里盗汗，不想吃东西。我劝他去医院看一看，他说休息一下可能就好了。我去社区医院找到过去给他看病的医生，开了点"玉屏风"，还有一些其他的药吃了也不见效。盗汗更严重了，夜里睡觉一身衣服都湿透了。我打电话给我姐，让她联系了一家医院立刻住了进去。住进去以后第一天是各种检查，首先是核酸检测，然后是核磁共振、CT、B超，等做完以后就快到下午了。病房的窗外，是一片冬青树林，看着日影在树林后面慢慢暗淡下来。冬青树林里的南天竹已经结了红果子，枝头上像着了火一样。

    我问爸爸想吃什么，他摇摇头。我说你从早上就没吃东西，我去看看下面有什么吃的卖。我去食堂，给他买了一份青菜肉丝面，他看了看说不热。我拿到走廊的尽头一个微波炉上热了以后端进来，他吃了一点就睡了。我姐示意我出去一趟。她问我："你看老爸这次能不能挺得过去？"我说："这个不好说。"我姐说："那有些准备工作要提前做，省得到时候抓瞎。""做哪些准备工作呢？""比如你可以问一下老爸百年以后想葬在哪里，有什么未了的心愿。"我说："这个现在问不好吧？""有意无意的。""你怎么不问？""我怕老爸骂我——我看有些人家的老人很达观，子女把寿材、寿衣做好还拿给他们看，他们也没什么意见的。""好，我看看时机吧。"

到了晚饭时间，我问我爸："面条不想吃，想不想吃其他的东西？不吃东西身体怎么扛得住？"我爸想了一会儿，说："我想吃大白菜炖粉丝。""那个没什么营养，晚上大姐炖了鸡汤来，你喝点鸡汤吧。""我就是想吃一点大白菜炖粉丝。记得我在新兵连的时候，到厨房帮厨，我的一个老乡正在熬猪油。他让我拿个脸盆来，给盛了一盆猪油。我端回班里放在床下面，冬天猪油很快冻上了。每次去打菜的时候就来一勺，热菜打到盆里，猪油化开了，菜别提多香啦！我就想吃这东西。"

"那我让我大姐给你烧吧！"我说。晚上我送饭来，给带了一饭盒油渣烧大白菜，里面放上了粉丝。我爸尝了一筷子说："不是那个味——里面没放猪油吗？""放啦！放得不多。猪油吃多了不健康。""这个菜烧得一点味道都没有，先放着吧。等晚上我想吃的时候再吃。"

晚上我给我爸打来洗脚水，他说："我自己来吧！"还是觉得头晕，几次差一点把盆给踩翻了。我说："你别逞强了，我来。"我帮他把脚擦干，他忽然感叹说："人怎么忽然就老了？我觉得自己还年轻。我在新兵连当班长的时候，就是因为军事动作好，被挑到教导队去的。单双杠、队列、负重行军不在话下，那会儿真是浑身是劲。不管怎么累，睡一夜起来屁事没有。唉……这个人啊，真是不经活，眨巴眼工夫八十多了。"

"我还不一定能活到你这个岁数呢！"

"哎，也不要活太大，给子女添负担。吃又不能吃，也不能到处跑。有啥意思？跟我一个火车皮拉去的战友，现在只剩下我和你大头叔叔了。"

"大头叔叔现在怎么样了？"

"也不行啦！七十多岁的时候还骑着自行车到处跑，说不行就不行了。我老想着去看看他，可是我这腿脚也不听使唤。我耳朵不好，他耳朵更不好。你说城门楼子他说屁股头子，聊起来费劲！"

"等你好了，我陪你一起去看大头叔叔可好？"

"这一回能不能出得去还难说呢，前几天晚上我胸闷喘不过来气，浑身冷汗直冒。我想今晚差不多要交待在这儿了吧，不过转念一想，就这样走了也幸福！利利索索的——"

"你害怕吗？"

"不怕！没什么好怕的。其实我思想上觉得自己还不算老，应该能跑能跳的。但是这个身体不给力了，如果能甩掉这身臭皮囊也不错。人不可能违背自然规律的，如果人都活着，这个地球上怕是连站的地方也没有了。"

"想过将来百年之后在什么地方？"

"不要去公墓里，这一点你记好了。又贵，过了二十年还要续费。你想想看二十年以后你多大啦？每年清明、冬至你还得往那儿跑，多麻烦。你得看子女有没有时间开车送你去。了不起到了孙子这一代还去，再往下，去也是勉强去的。不如撒了，或者种一棵树当肥料也好。省得让他们赚钱。"

我爸说完想了一会儿，他看着我："是不是医生跟你说什么了？"我说："没有什么——你别多心。"他接着说："如果你接受不了撒掉或者埋在树下，跟你奶奶放在一起也可以。我自从当兵出来，就没有在你奶奶身边服侍她老人家，都是你叔叔养老送终的。我呢，只不过平常寄点钱回去，没有尽到孝敬老人的责任。活着不能尽孝，死了以后就陪陪她老人家吧！我做梦也没想到自己能活到八九十岁。已经很够本了！"

我说："话虽然这么说，佛教说'成住坏空'，人有生老病死，诸苦合集这个是避免不了的。但是感情还是接受不了。"我爸看看我："每个人到世上来，都要受这么一回，我受我的你受你的，谁也代替不了谁。我也知道你问我这个话是什么意思，百年之后的事情，你跟你姐商量着办，怎么简单怎么办。亲戚之间远的就不要通知了，都挺忙的。"

清明忆二姑奶奶

我爷爷上面有两个姐姐，我们称其为大姑奶奶、二姑奶奶。新中国成立前，大姑奶奶和姑姥爷举家迁移到苏南的一个镇子上，开了一家规模很大的米行，然后开枝散叶。现在那边的亲戚差不多有一两百人了。有一年，我过去参加那边一个亲戚孩子的婚礼，大姑奶奶已经去世了，大姑奶奶的女儿给我介绍说这是谁家，那个是谁家。我认了半天也没认全。他们讲当地的话我也听不懂，有一个人问我："安徽现在是不是比苏南好一点？"我茫然应道："是好一点吧！"

我爸爸七八岁的时候，从老家到这边学做生意，每天就是量米，天气好的时候把稻子挑到晒场去晒。一直学到快解放的时候，当地成立了工会，他还保存着一张工会的证。抗美援朝开始后，店里一个叫爱成的伙计，就鼓动我爸爸和他一起报名去参军。因为看着别人戴大红花，敲锣打鼓地被送走觉得很羡慕。但是这个消息被大姑奶奶知道，就给他一顿臭骂说："你们家里人把你送来学生意，你如果被打死了，那边找我要人，我到哪里去给他们找人？你实在想当兵你还是回安徽好了。"我爸听了以后就回来了。爱成去当兵，把胳膊打伤了，复员后在当地码头上看沙子。

大姑奶奶家的米行也公私合营了，光景也不比从前了，家业逐渐败落下来。家里的孩子都辍学了，提着篮子在街上戏院门口卖点香烟、瓜子，还有的跑到广德山里面帮人家烧炭。大姑奶奶的女儿在镇上搬运队拉板车。大姑奶奶家的孩子大概都有一点会做生意的遗传，改革开放以后镇上的第一家百货店、第一家粮食加工厂都是他们家后代开的。我记得有一个亲戚的孩子做一种腌渍的小乳瓜，出口到日本，鲜甜嘣脆的。我回来的时候，他给我送了一大箱，吃了很久才吃完。

大姑奶奶的女儿在我临走的时候抱着我痛哭，她说她岁数大了，下次就说不定见不着了。塞给我四个大方金戒指，说两个给我爸妈，一个给我，另一个给我将来的媳妇。我也不好当面推却，等到外面车摁喇叭的时候，我还是将这些东西塞在她枕头下面去了。回来以后隔了一两年她就去世了。现在我们跟那边亲戚联系就很少了，俗话讲"一代亲，二代表，三代四代就都拉倒"，上一代人老去，新的一代与这边新的一代人，无论是地理距离上还是心理距离上都陌生了。

相比较大姑奶奶这头，我与二姑奶奶比较亲。二姑奶奶赶集的时候经常上我家来。她拄着一根拐棍，喜欢说笑。人没到声音就先到了，用手指点，让我到她跟前，从大襟褂子里摸出一个手绢包。左三层右三层地打开，从里面摸出一角钱递给我，让我到供销社买糖吃。我不接她的钱她就生气，声称要用拐棍把我的腿打断，说我瞧不起她这个穷亲戚！我连忙接过来，她才高兴起来。

二姑奶奶嫁了我们当地一个箍桶匠。抗战的时候，她随着二姑姥爷跑到重庆去了，在沙坪坝开了一家木器店。我二姑姥爷去世后，她跟着儿子生活。

她这个儿子是一个很好玩的人物，如果依照辈分，我要叫他一声表叔。他小的时候在重庆一家汽车行学手艺。这个人极聪明，据我爸说汽车有什么毛病，发动起来，他一听就知道哪里有问题。他研究古体诗，特喜欢陶渊明；酷爱数学，没事就到重庆的旧书摊上找高等数学的书回家看，然后以解题为乐。生活中除了这两个爱好，没别的爱好。后来解放大西南，他参了军，在部队的汽车团开车，跑康定这一条线。转业后在重庆一家大厂给党委书记开车。这个人一直有一个耕种田园的梦，他的人生理想是有七八亩地自耕自食，农闲的时候研究他心爱的数学。

农村当时在经历了互助组、合作社以后，粮食产量下降，少数地方又开始搞包产到户。具体怎么包我不太清楚，家乡有一个人到重庆去，跟二姑奶奶的儿子说起这个事情。二姑奶奶的儿子觉得实现梦想的机会来了，他跑到厂里辞职，说要回老家种地。那个书记人挺好，就跟他说你先回老家看看，如果不好呢，你再回来上班。他坚持要辞职，还给我爸写了一封信。我爸写信去让他一定不要辞职，他人已经带着一大家子，坐在顺流而下的轮船上了。经过合肥时，我二姑奶奶跟她儿子一起去看我爸爸，我爸爸看着一地的箱子，还有几把旧椅子，问我二姑奶奶："你们也没种过地，怎么忽然想起来回乡下种地的？"二姑奶奶笑眯眯地说："总会有办法的——"

二姑奶奶的儿子为了回老家分田，不惜跟他在四川的老婆离婚。除了沙坪坝的房子以外，还给了她一块"英纳格"手表作为离婚补偿。大女儿跟原配生活。他带着他的数学书和我二姑奶奶回到家乡，分了有七八亩地，过起了"既耕且已种，时还读我书"的生活。但是理想很丰满，现实很骨感。他按照农业书籍上种的庄稼，竟还不如当地老农的收成，他百思不得其解，蹲在地头把枯死的秧苗一棵一棵拽出来研究，也没研究出个什么名堂。很快政策又变了。他地也没了，从重庆带回的一点存款也花光了。我二姑奶奶经常挽着个篮子，到亲戚家里借米，日子过得很凄惶。我爸隔一个季度还给二姑奶奶寄十块钱。公社里买了一辆大拖拉机，没人会开，就把他挑上了。他会开会修汽车，拖拉机对于他来说跟玩似的。当地许多人都羡慕，说他这是又吃上"公家饭"了，家里的亲戚都为他高兴。可是他干了没多久，又不干了。他跟人处不好，不谙世事，比如公社的领导在家盖房子，让他开大拖拉机拉点石头和砖瓦，他就很生气！说这个柴油啊，机械磨损啊，都是公家的，你占公家便宜——这个不行啊！有一次在大路上我遇到他，"东方红"拖拉机突突冒着黑烟，他人被颠得上下起伏。我冲他挥挥手想让他带我一段，他也不理我，像没看到一样，留下漫天尘埃。我回家跟我奶奶说，我奶奶说："谁叫你理他？他就是浑种，夹生！"他这个人虽说是"夹生"，但对我二姑奶奶还不错，但凡有点钱还是肯孝敬老人的。在这一点上，所有亲戚也都是公认的。有时休息天他从镇上回来，买一小条肥肉，用稻草穿着，手里举着一本书从田埂上走过来。我们同学看到了就用胳膊肘碰我说："你家亲戚，公社开大拖拉机的！你跟他讲讲什么时候带我们坐坐拖拉机。"我摇摇头说："什么亲戚，我跟他招手他都不理我。"

他在公社没干多久就给辞了，成了地道的农民了。我二姑奶奶随遇而安，她从来不抱怨。不管有的吃没的吃，还是笑口常开。我奶奶感叹："她心怎么这么大呢？"二姑奶奶一生没有种过田，她在乡下连菜地也不会种。要吃菜怎么办呢？就托着个碗在吃饭的时候串门，人家客气一声说："来——夹点菜，不要吃白饭哦！"她就夹上一筷子。不请她，她也很有尊严，连望都不望一眼，仍然有说有笑的，心里没有芥蒂。春天我妈在家腌好毛油菜，用一个大瓦盆装着，让我给她端过去。二姑奶奶接过菜，在口袋里摸半天，连一分钱硬币也找不出来，就讪讪笑着说："哎呀！这可怎么好待客呢？等我养的鸡下蛋了，下次我煮鸡蛋给你吃。"

我二姑奶奶养的鸡不是我们当地品种的鸡，是她儿子从外面引进的什么外国品种。爪子很粗壮，杂色的毛。下蛋不下在鸡窝里，随便走到什么地方下个蛋，有时在树丛里，有时在草垛里。我们叫它"大呆鸡"。二姑奶奶吃饭的时候，这只鸡围着她脚边转，她用筷子往外拨一点饭喂它。她问她儿子说："长林啊，你弄回来的鸡怎么光吃不下蛋呀？""还没到时候。""都喂了一两年了，你不是说这个外国鸡好，一天准下一个蛋吗？""我再研究研究——"可没等到他研究好，这只鸡就丢了。有人在草垛里发现很多鸡毛，他到了现场蹲在地上看，得出结论是叫黄鼠狼给吃了。其实是被村里几个半大小子给杀掉吃了。

他们这一家子在村子里实际是被边缘化的，如果不是看在我爸在部队，还有一些亲戚在公社当干部，他们的日子要更难过一点。

二姑奶奶没做过农活，就在生产队帮着看鸡。她天天带个小马扎坐在村头通往地里的小路上，看到村里的鸡探头探脑地出来就轰回去。她的儿子长林，我奶奶叫我喊他"长林表叔"。但是我不想喊他，如果你喊他，他会郑重其事把身体转过来说："你找我可有什么事？"其实在路上这样喊一声就是表示尊重，没有别的意思，被喊的长辈点点头也就过去了。

他被人从拖拉机站撵回来，生产队让他跟妇女在一起干活，评分的时候给他记妇女的工分。他觉得受到奇耻大辱，跟队长说自己不下地干活，也不要队里的粮食。队长问他："那你住在村里，就是出去做工也要给队里交钱！"长林说："天下没有这样的道理，我住的地方是我们家的祖宅，我又不要你粮食，凭什么给你交钱？""村里所有出去做木工、瓦工的都要给队里交钱，你也不能例外。"长林说："反正我不跟妇女一块下地，你有本事把我们娘俩饿死。从明天起，我把我妈送到你家去吃饭。"结果第二天早上队长家一开门，我二姑奶奶笑眯眯地站在他家门口，手中端着一只大海碗。队长是亲戚——一个侄子，叫"芳林"，比长林还小一个辈分。我二姑奶奶说："芳林哎！去给我盛碗粥，长林早上就出去了，看样子要在你家吃一阵子了。"队长说："我给你先盛上，有什么事情叫长林来跟我说。"说的结果是：长林不下地干活，一年给队里交一个瓦工的钱。

长林就挑着一个担子游乡去也！他的担子一头挂着钢筋锅、水壶的底、手电筒外壳，一头放着各种修理钟表和收音机的工具。那会儿农村也没什么家电，收音机就算最值钱的，一个村都不见得有一台。钟表呢，少数人家有那种大座钟，放在堂屋的香案上，时间用长了难免走时不准啦或者到点不响，都找他来修。中午走到哪个村就在哪个村里吃饭，在谁家吃饭修东西就不要钱了。有一回走到我们村，我妈喊他来家吃饭，他也不推辞。但是吃完饭一定要帮我家修件什么东西，他这个人从来不欠人情的。我妈在家到处找，没坏的东西呀。就跟他说："都是自家人你客气啥，将来有坏的再请你修。"他听了不吭声，自己找了我家一个水壶，给水壶打了一个"掌子"，他说这样加厚了经烧些。我妈让他弄得哭笑不得，后来见到他也不喊他来家吃饭了。没有活干的时候，我常常看到他一个人坐在山坡上的树林里看书，或者用根树枝在地上划来划去的。等到傍晚的时候他就挑着担子回家了，过一会儿工夫，他家的烟筒冒出了炊烟，牛羊下山，鸟雀归巢，天说黑就黑了。

　　长林在外面游乡修东西，我二姑奶奶还长胖了。谁也不知道他能不能挣到钱，但是他每年都能把交给队里的钱交上。他手很巧，苫房子的茅匠活，他看几眼就会了。剃头，买套工具对着镜子给自己剃。什么潜水泵、脱粒机、窑厂的制砖机，出了故障都是来找他。他也没架子，白天叫白天去，晚上叫晚上去。不像从县里请的师傅，要吃好喝好以后才动手，香烟、茶一点都不敢怠慢。稍微怠慢一点就摔耙子不干了，让徒弟背起帆布包走了。有些老旧设备连图纸都拿不出来，他就围着这个东西瞅，有时在地上划拉几下，恍然有悟，就开始动手拆，人家问他，他说："什么什么地方坏了。""怎么这么神呢？""原理都是一样的，很简单的。"

　　有一次在一家轧花厂修轧花机时，他们厂里一个技术员问他："你有老婆没有？""没有，以前有。""那你还想不想再要一个老婆？""不想！""要一个好哦，你出来一待好几天。你妈在家没人管没人问，好伤心。找个人陪她说说话也是好的。""我回去跟我妈商量一下。"商量来商量去，我二姑奶奶的意见还是有老婆好，于是长林表叔就有了一个老婆。新娶的二表嫂是一个寡妇，带着女儿一起过来了。这个表嫂话也少，"三锤打不出一个闷屁"，如果不是我二姑奶奶天天絮絮叨叨个不停，她们两个在家一天都没有什么声音。他们家住在村里最偏的麻地旁边，又不像人家养鸡、养鸭、养猪、养狗，他们家就四口人、一只猫。长林表嫂轻手轻脚地出来进去，洗洗涮涮。带过来的女儿趴在一张小桌上写作业，要不然就拿棉线绷在两手之间翻出各种花样。长林表叔盘腿坐在椅子上翻着一本书，沙——沙——沙，书页轻轻翻动的声音。猫睡醒了，打个呵欠，然后伸懒腰。我二姑奶奶坐在门口，似乎在对着空气说笑话，脸上的皱纹都张开着，没牙的嘴笑呵呵的。

新二表嫂嫁过来两年后，他们养了一个儿子。他是"祥"字辈的，起了个名字叫"祥瑞"，大名张祥瑞。抓周的时候很多亲戚都去了。我二姑奶奶高兴，孙子睡在摇篮里，她坐在旁边目不转睛地看着，一边看一边自言自语地说："这多喜人呢！多喜人呢！"

那一年我二姑奶奶已经七十多了，我们那里有个风俗，七十几岁就可以提前过八十整寿。我爸回去给我二姑奶奶做寿，邀请她到城里住几天。她不干，她说："'七十不留宿，八十不留餐'，这万一我在城里面死了，可不得进火葬场？那烧着了多疼！"家里添人进口，房子不够住了，长林表叔就在后面又盖了三间屋子，我二姑奶奶就住在后面的一间屋子里，另一间放他的修理工具，一间是灶屋，放一些农具。有一年冬天锅灶里的火没完全熄掉，家里失火了，二姑奶奶被烧死了。家里许多亲戚去看了都说："太惨了！"长林表叔手足无措，只是呜呜地哭，别人问什么，他只是摇头叹气。

我二姑奶奶去世一年以后，长林表叔也郁郁而终了，医生也说不出个所以然。二表嫂带着两个孩子回她娘家那边去了，这以后我们就很少联系了。他们家的房子早已经倒塌了，清明时我回去看了一看，在房屋原来的地基上，长出许多蒲公英和一年蓬。一年蓬高过人膝，蒲公英已经结了银色的种子。风一吹，这些种子就随着气流散到四面八方，忽然想到陶渊明的一首诗："亲戚或余悲，他人亦已歌。死去何所道，托体同山阿。"

花皮奶奶

　　花皮奶奶是村里的五保户。也许是因为小时候出天花没有出好，脸上手上有一大块一大块白色的点子，像个花瓜一样，村里人都叫她花皮奶奶。听人说她过去有儿有女。她三个儿子都死于非命。大儿子在外面帮人家推车，车上坡不知道怎么忽然滑了下来，把他给轧死了。二儿子送到江南跟人学生意，把那边的杉木贩到本地，给人家盖房子。后来在那边得了伤寒，花皮奶奶的丈夫去接他回家，也传染上了伤寒，父子两个都死在路上。最小的一个出去跟人学木匠，上梁的时候从房顶滑下来，当时就摔死了。村里人都说花皮奶奶有点"妨人"，家里大人轻易不让我们到她家那边玩。

　　花皮奶奶一连送走了四个亲人，可真够她一呛。春夏季节，村里人蹲在麻柳树下吃饭，说到村西头这一家，都说："唉！这母女两个不知道要怎么活下去。年轻些嘛，还能改嫁，她都五十多了，又不能生养，哪个肯要她？"

花皮奶奶就守着一个闺女过日子。闺女很伶俐，每天种菜挑到集上去卖。母女俩只种葱、蒜和芫荽。集市上买菜的人同情她们母女两个，日子也能对付着过下来。等到春荒的时候不好过了，花皮奶奶拿着个量升到人家借米，人家也给她量得满满的，还米的时候，花皮奶奶也值价，她也是还人家一个满升，所以她在村里借点挪点也不难。

另外花皮奶奶还有个生财的法子——帮人家淘米。一大清早，她就到镇附近的水塘踏步上，帮人淘米。人家端了米来了，她二话不说把米接过来淘，总有些碎米从米笸的下面漏出来，她在水里放了一个更细的篾篮子，这个细篾篮子就把漏下的米接住了，她拿回去晒干，可以煮饭，也能煮"糊涂"。"糊涂"是糜子粥一样的东西，上面放一根萝卜干。一碗粥喝完，萝卜干才咬了一小口。村里人说花皮奶奶家吃菜叫一个俭省，有时觉得家里孩子吃菜费，就说："你看花皮奶奶家吃菜多省！你呀，就是个菜驴。"

到了过年的时候，那些人家会送一点年糕、豆腐之类给她们母女。开饭店的还割一点点肉给她们开荤，花皮奶奶坚持不要，说她在吃长斋。久不沾荤，吃下去也反胃的。人家便拿瓶子装一瓶菜油给她，她捧着像捧尊佛似的，郑重地走回家。到了街上，她看到彭麻子在帮人家写春联，两角钱屋里屋外写个整套，连猪圈的"六畜兴旺"都写好了，便说："麻子——我买副春联！"

彭麻子正手不停挥地在写，他的帽檐下面还插了张硬纸壳子，说日头太晃眼，这样才能看清字，跟个电焊工一样。不过，我看到他阴天下雨，帽子下都插着硬纸壳子。我喊他："麻爹爹！你怎么下雨天还插着硬纸壳子？"他立住脚很轻蔑地看我一眼说："不行啊？犯法吗？"这个老爹爹不喜欢小孩子，他写春联的时候小孩子只要围过来看，他就像撵鸡一样挥着手说："去——去——去——哦——哦——去！"我们都不喜欢他。小柱子一看彭麻子走路，赶紧隐到他身后学他，驼着背一边走一边喘，然后还要咳几声。彭麻子看见了就骂："学我——想驼还不容易，来——我给你一棍！"小柱子赶紧逃开。

彭麻子见是花皮奶奶，说："你拿就是了！还要什么钱。""不要钱我就不要了，走了。"彭麻子说："那你就拿这条，算一毛钱。你家又不养猪，'六畜兴旺'我就不给你写了。年可能过得去？""过得去，还是肥年哪！你看还有这些油、这些菜，过年都吃不了。"花皮奶奶很乐观，她经常跟人说："人只有享不了的福，没有受不了的罪！"

花皮奶奶的女儿眼看着长大了，有媒人上门提亲，花皮奶奶说："哎呀！我们这样的人家，看着差不多就行了，还挑什么？不过有一条，谁家娶了我这个女儿，彩礼什么的我倒不争，可是将来我做不动了，女婿总要养我对吧！不然我守这个姑娘不是白守了。我们丑话说在前面，你就照我这个话回人家。"媒人照这个话回人家，人家一听不乐意了。花皮奶奶知道事情不惬了，她跟女儿说："人家嫌我是个累赘哦！那这一条我们把它去掉。你只要嫁对人家过得好，我一个人做到什么时候是什么时候，到时做不动了，一根索子就完事了，省得活受这个罪！"母女俩抱头痛哭一回。那天晚上，家里烟囱没冒烟，一弯清冷的月光罩在这三间破草房上。

第二天花皮奶奶自己到媒人家说："养我那一条不要了，你给看一家人，人要忠厚老实，肯做事。人家愿意要，我这头什么都好说。"媒人说："讲的那个人是个瓦匠，家里四间大瓦房早就盖好了。一双上人也能做，下面有两个妹妹，早晚都要嫁出去。女儿跟到那边不吃亏。将来还不是她当家，到时叫她贴你一点，还算什么事情？""那就叫他们家看日子，选个好日子，我也把这个事情了得了。"媒人答应一声就去说了。快到过年的时候，花皮奶奶的女儿便嫁到河对面一个村子里去了。

那个村子离我们这里有七八里路，中间隔条河，远也不算远；就是去的时候要摆渡，去一趟要五分钱。花皮奶奶嫁女儿那天，全村人都出了份子。她的女婿在家里请了两天客，一天请男客，一天请女客。花皮奶奶的女儿穿一身红灯芯绒褂子，映得脸格外红。她挨桌子给村里人敬酒。大家都说花皮奶奶终于熬出头了，以后就要享福了！她听了嘴上不说，脸上已经有几分喜色。晚上她一个人关了门在家里哭，哭得大家身上一阵一阵发冷。村里年纪大的妇女过去劝她，说："今天是好日子啊！你看女儿也嫁了一个好人家，你顶这个门子算是顶住了，就是地下几个死鬼也没有什么话说。这个又不是天南海北，脚一抬还不就到了。不哭了！原来这个家里还有个人搭伴，现在一个人怎么搞不冷清呢？怎么搞呢？还不是为儿女好。闺女又不能守你一辈子，那你可把她给误了。"劝到大半夜，花皮奶奶不哭了，大家走出来。外面下了一地的浓霜。她还要送，大家推她进屋，说："不送咯！睡吧。"人走后她站在门口哽咽几声，想想回去睡了。

花皮奶奶的女儿嫁过去以后还常回村。她挎着篮子进了村子，看见小柱子说："这才几天没见，长这么高了！来——给你块方片糕。"周围的小孩子围过来，她从一条糕上每人给撕了几片说："姑带的糕不多，每人几片甜甜嘴。下回姑带多一点哦！""哎哟，你看你的手跟乌龟爪子似的，去——把手洗干净，洗干净我才给你。"她一边走一边跟村里人打招呼："四婶你晒棉花啊？""五爹爹放牛呀！"村里人都说花皮奶奶这个闺女真没白养。

女儿一进屋把门掩上，喊一声："妈——"眼泪就滚下来了。后来听村里大人说，二奎不是个人，这个东西喝过酒就打老婆，摸到什么是什么，她身上被打得没一块好肉。这个闺女又要强，打死了都不跟外人说，怕人家笑话她。二奎不光喝酒，钱也不交家里。这个闺女卖点黄豆、棉花，挣两个钱防贼一样防着二奎。二奎摸到就去喝酒，喝过酒就打她，说她存私房钱贴她娘家。花皮奶奶到她闺女家里，请人评理。二奎睁着一对牛眼说："你个老不死的！要你来讲话？你要心疼你闺女带回家去，你瞪眼看看哪家女人不打的？三天不打上房揭瓦，你还要在这里跟我山门神道的，我连你也打！"村里人都来拉他。花皮奶奶的闺女就来劝她妈说："妈——你回去吧！没事的，他酒醒了我叫他给你赔礼……

你在这里吵，今后叫我在村里怎么做人？"花皮奶奶叹了口气说："哎呀！你那几个哥哥要在，怎么容得他这么欺负你？这也是你命不好，怪妈瞎了眼。"说完一步一回头走了。摆渡的时候，她闺女还叮嘱说："妈，回村里别跟人家讲，让人家笑话咱，你可听到了？""你回吧，天要黑了。"

花皮奶奶回去以后，二奎拦在门口不给她闺女进家。他说："你有本事回来干什么？跟你妈过去呀！"说完揪住她头发拖到屋里又打，打倒了又往身上踢。她喊道："二奎不要踢肚子——我有了！""跟哪个野男人有了，我不打死你我不姓张！"张二奎从屋角摸到一把新削成的锹把子，劈头盖脸地打。

"以后还回不回家告状了？""我不了。""以后还跟我对嘴吗？""我不了，你饶了我吧！"张二奎说："村里的牛都让我打服了，我不信就打不服你！今后你再把那个老不死的喊来你试试？""我不喊了，你别打了。"张二奎扔了锹把问她："你猪可喂了，没听到在圈里叫？你耳朵塞驴毛了？"

夜里，花皮奶奶的闺女想想这个日子实在没法过了，坐在屋外哭了一会儿，二奎睡在床上鼾声大作。她进去从床肚子拿出一瓶农药，坐在门口喝了下去，然后挣扎了一会儿死了，嘴里还淌出一股黑血。等他们村里人早上起来的时候才发现，进去把二奎打醒说："二奎别睡了！你看看你老婆怎么了。"张二奎看了也傻了眼，他说："我们昨天晚上吵了几句嘴，怎么她就寻了短见，这个事情可不赖我啊！你们到时候可要做个见证。""你又打她了吧？你看她胳膊上都是伤，你这下事情搞大了。出人命了！"张二奎不敢到我们村去，怕人家打他，就让他们家一个长辈去通知花皮奶奶她女儿死了。花皮奶奶听到后，直愣愣倒在地上，当场晕死过去。

我们村里人听了，浩浩荡荡去张二奎他们村去打冤家。半路上有人喊："张二奎这狗东西跑了！""跑得了和尚跑不了庙，把他家房子给他点了！""乡里公安员都下来了！""公安员下来也不行，一条人命就这样叫他活活打死的，没那么便宜他的！"过河的时候，船坐不下这么多人，有些会水的就直接游过去。附近几个村的人都围在路上看"打冤家"。大家都摇头说："张二奎这下祸事做大了！这逮到不活剥他的皮。"到了张二奎他们村，村里有个老辈子站在路边作揖说："你们要烧二奎家的房子我没有意见，这个牲口太坏了，好好的一个媳妇让他磨死了。就是你们烧的时候，他家的屋子跟其他人家连在一块。不如这样，你们去些人把它给拆了。你们拆他家的房子我们二话没有，我领你们去！""对！拆他家的屋！"

张二奎他们村的人都站在旁边看拆屋。屋也拆了，家里有家具、农具，打个稀巴烂，看看也没有什么能砸的东西了。乡里公安员骑了自行车摇摇摆摆地从田埂上过来。他穿的黄裤子卷到大腿根，估计在路上遇到水沟过不去，自行车也"骑"了他一下。他把车靠在门口的树上，连边撑也没有打，就大喊："你们这是在打冤家吗？差不多了。再闹下去我把你们都抓起来。"咱们村里人七嘴八舌地说:"那张二奎把老婆治死了,你怎么不管?""如果真是张二奎把老婆治死的,我必定要管。哎,那个,你们把猪往哪里赶?""哎,我们这些人晚上不吃饭,张二奎这个狗东西没找到他,算便宜他了,吃他家头猪算什么?""赶回去!赶到圈里去。我知道你名字,你爸是不是叫徐五福,你是他家老三。"

闹到晚上,张二奎他们村的张姓长辈办了顿酒,请大家吃饭,好话歹话说了一箩筐。大家看看天也不早了就悻悻回去了,人多,过渡过了很长时间。摆渡的艄公一边拉绳子一边问:"你们逮到二奎没有?我知道一个地方,他会不会跑到山里他二姑家去了,你们到那儿找一准能找到。"村里有精力旺盛的小伙子说:"要不我们到山里去,晚上把狗东西堵被窝里,打个活死。"其他人闹了一天都有些乏了,打着呵欠说:"跑得了和尚还能跑了庙,早晚他会回来——睡了,不早了!明天早上还要赶集卖豆子呢。"

那天晚上大月亮,路上掉根针都看得见。一堆人顺着大路往村里走。有人说:"那花皮奶奶活不成了!就这么一个闺女。"大家都说花皮奶奶在这个世上活不成了。其实他们都猜错了,花皮奶奶不仅活下来,而且又活了很久。至于张二奎,他后来又娶了一个老婆,但这个老婆把他治得死死的。去年冬天下了场大雪,他打外面喝酒回来,不敢进家,就睡在门口草垛旁边。夜里又下了一场小粉雪,活活把他冻死了。有人说是报应,谁知道呢?

花皮奶奶继续过着种菜卖菜的生活,后来做不动了,村里为她申请一个"在家养老"的补助。钱不多,但她岁数大了也吃不了多少。她养了十几只鸡，早上散出去，晚上嗉子吃得饱饱地回来。一天能收不少鸡蛋，她一个人吃不了也拿到集上去卖。人家知道她卖的是正宗土鸡蛋，走去就卖光了。她卖完鸡蛋回来，走到路上，看看人家棉花已经绽了嘴子，里面吐出白白的棉絮，就下到田里偷了几把，想着到了冬天给她女儿做个背心。人家看见了也不说她，知道她有点老年痴呆。有时看到实在拽得太多了，就撵上她，从她篮子里拿出一些。她挎着篮子急急走回家，鸡都围上来要吃的。她到屋里抓一把玉米撒在地上，鸡埋头就啄，像下雨一样。而她就坐在门口摘小白菜或者剥毛豆。这些菜也是她顺手摘的。

花皮奶奶死后，过了几年，她的屋子也倒掉了。村里人嫌那块地不吉利，倒没有谁家去占那点地方。上面长满了一年蓬和各种蒿草，小孩子有时拉野屎跑到里面去，有时狗也钻进去，总之那里变成一片荒地。似乎从来都是这样。

只是那盏"灯"究竟是什么现象，我至今也没弄明白。

祖宅

一

考虑到清明回去扫墓的人多，我姐跟我商量提前回去把墓扫
了，省得到时候堵在路上。在镇上买了纸和冥币，我们在山坡上
祭拜了爷爷奶奶、外公外婆的坟地。我姐说到我们家的老宅基地
看看，我说："听说现在被人家种了树在上面，有什么看头。"
我姐说："去看看吧！反正又不远。"

我们从山坡上下来，回到村里。我骑着叔叔家的电动小三轮
带我姐。村子里也没什么人，正在吃中饭的时间，门口坐着吃饭
的人停了筷子看向我们。有一个人问我："你找谁家？"我说："我
原来是这个村子里的。"他仔细看了看说："不知道你是谁家的。"
我说："我姓高，原来我家的老房子门坐东朝西开，隔壁是供销社。"
他惊呼说："哦——你是老高家的对吧？你不说我真看不出来，
没吃饭吧？要不要在我家随便吃点？"我说："我二叔在家安排

好了——谢谢你，我们家的老屋在哪里？我找不到了。"他捧着碗说："我带你去看看。"

路上我问他："原来集场呢？"他说："早没啦！"我说："以前屋后还有个水塘。"他指着一片快要淤平的洼地说："那不是吗？过去冬天还要挑塘泥，现在农村都没人了。家家吃自来水，这附近的水塘都这样了。"他指着一片栽着意杨的地说："这个就是你家的宅基地，隔壁是你三舅家的房子，门锁着，家里人都搬到县里去了。""哦，那边种菜的一块地原来是我们家的后院。"我指给我姐看。她点点头说："我好像有一点印象。"

我问那个给我领路的同乡说："现在村里还有多少人？"他说："七八个人吧，年轻人都搬出去了，有的在苏州或者南京买了房子。家里的老人去帮他们带孩子，不回来喽。村里就几个老的。"我谢了他，骑上电动三轮回邻村我叔叔家吃饭。

我家的祖宅是在一个集市的东边。从我爷爷那辈开始，就在集上开饭店。这个集市处在定远到肥东，然后再到古河的一条必经之路上，算是一条商道吧。当时从定远贩猪苗到古河的人，都在这里打尖住店。集上的饭店很多，我家开的店是最大的一个。顺着集市向东边的一路房子，全是我家的，后面是厢房围成的一个大院子。听我父亲说，当时我们家的生意很好，早晨能卖一百多碟的香干丝和烫千张丝。这是我们当地的小菜，香干和千张拿开水烫了以后，再淋上麻油、酱油，拌上切得很细的辣椒丝，临到要吃的时候，重新拌一下，佐以包子、油条、糍糕、烧麦、小笼包子。我们这里有喝早酒的习俗，有的酒鬼一大早就跑到饭店来喝一壶，说这样可以解夜里的宿醉。

我爷爷据说脾气很暴躁，我的姑奶奶好像脾气也不太好，这个是不是遗传？有一次在家里的饭馆里，一个客人喝多了酒，对我姑奶奶出言轻薄，她把一壶开水淋在这个人头上，把头烫得跟猪头一样，结果惹上了官司，请了当地有名的状师名叫高贡府的来写状纸。我爸说那个人头上戴一顶巴拿马草帽，骑一匹白骡子到我们家，后面还跟着两个仆人，一个磨墨，一个理纸。他边想边写，中间不断地要换茶叶、抽水烟，写一会儿又要人给他炖参汤补一补，一堆人敬若神明地看着。这个给他留下很深的印象。官司打完了，家里花了不少钱，田也就没买成。

我爷爷的暴躁很值得一写。听我奶奶说，他有一次挑了一担水去浇菜，不知道怎么弄的，其中一只桶翻倒了，他一怒之下把两只水桶拿扁担砸个稀巴烂，拎了一根扁担回来了。他在解放前就死了，据说他的死因是跟一个人打赌。那个人说："附近有个土地爷很灵，你敢不敢去朝土地爷尿泡尿？"我爷爷说："那有什么不敢的！"他就去朝土地爷尿了一泡，回来以后就发烧说胡话，请了许多医生也没治好，就这样死了。

二

我爷爷死了之后家业败落下来，我奶奶带着四个孩子没办法生活，只好卖家里的房子。先是卖后面的厢房，后来卖家里的家具，我小的时候在村子里玩，经常看到人家的细木家具上面雕着花。那家的大人就说："这个原来是你家的。"后来实在没有办法生活了，把我大姑和二姑送给人家当童养媳。我爸爸随大姑母到江苏学生意去了，我爸爸的大姑父在江苏宜兴开米行，还有一个碾米厂。因为学生意要认识字，大姑母便送他去上学。每天早上，我爸先去给大姑母请了安，拿几个铜钱吃早点。我爸说因为寄人篱下，从来没有说真的把这个钱去吃早点，都是从放剩饭的篮子里装点剩饭，带到学校拿开水淘淘吃。江苏那个时候生活水平比安徽高，小学校里有茶水炉子。有个校工专门烧水，供老师和学生用。省下的钱买铅笔和练习本之类的，我爸就这样一直念到高小毕业。大姑母说："书念差不多了，到店里学生意去吧！"我问我爸学什么，他说起初主要干粗活，把仓里囤的稻谷挑出去晒，晚上再收回来，后来慢慢学着看稻谷的成色。

老家里的东西卖得差不多了，就剩临街的一排门面房。我奶奶经人说合，改嫁给我后来的爷爷，三十八岁的时候生了我三叔。我的二叔到附近一个村子里帮一个富农家里放牛。我二叔一辈子没有结婚也没孩子，去世比较早，所以每年都是我给他烧纸上坟。我爸爸在江苏那边一解放就参加了当地的工会。抗美援朝的时候，米行的一个长工名叫"爱成"，鼓动他参军，他也报了名。大姑母把他叫去骂了一顿，说你要当兵回安徽去，你被打死了那头朝我要人我怎么办？我爸听了一气说："回去我未必就会饿死。"

就这样从江苏又回到安徽。二十世纪九十年代我爸回江苏，那个叫爱成的人还活着，在河边给一个沙场老板看沙子，他打仗时一条胳膊废了。我爸说爱成这算运气好的，他去说不定真被打死了。

我爸回来，把租出去的祖屋又收了回来，找了一个叫黄有仙的合伙做生意，还是开茶酒馆，他扎一个围裙跑堂。二十世纪五十年代初还没有统购统销，市面上生意很不错。农民分了地之后都做得兴兴头头的，口袋里有钱，集上的生意也不错。这个集市一直到我出生的时候都很热闹，我小时候每逢赶集，都挤在人群里看卖鱼钩的、卖丝线的、卖绣花棚子的、卖肉的、看牙行的人讲价钱。后来随着乡政府迁到另一个地方，这个集市随之衰败下来了。据我爸说，统购统销以后就不行了，先开始是初级社，然后是高级社，最后是人民公社。黄有仙夫妻俩搬到芜湖谋生去了。我爸一个人在家里，连火柴也买不起。每天烧饭的时候，看哪家灶里有火，就拿了柴草去引燃，然后赶紧往回跑，跑半道上火灭了，还得返回头去引火。他想，这个日子还有什么过头？

我奶奶住在邻村，送来米和菜，让我爸全给扔出去了。我爸恨我奶奶当年改嫁。后来他跟我说："当时不理解呀！带着四个孩子，确实没有办法生活。"我奶奶改嫁的那个爷爷人很好，他原来在集上做早点，会做各种油炸的点心，在当地很有名。后来集市没有了，他就在生产队里做挂面，村里的社员挑了到外边去卖。这个生产队的工分也是附近最高的。因为在家里没有办法生活，那一年招兵，我爸听同村一个人说："你一个人在家干吗？

还不如报名去当兵算了。"人武部正招不到人，听说有一个人愿意当兵，跟捡到宝一样。人武部的干部搬到我家，睡在我们家祖屋的一个大床上，天天晚上劝我爸去当兵，说部队如何如何好，一个月不重样吃菜，于是我爸就当兵去了，部队在滁州。临行前村里有个大娘要给我爸提亲，大概是我们家的祖宅在当时条件还是算好的——我们集上有砖瓦房子的人家只有那么两三户，其他全是草房子土墙，按现在条件来说，就算是豪宅了吧。我爸不干，那个大娘便天天来说，后来磨得没有耐心了，我爸说行吧！他当时想过几天他就走了，这个事情不就拉倒了？

　　我爸参军以后，这个房子让我二叔住了。因为集上也没生意，他到和县学烧窑的手艺去了，房子租给供销社。说是租，其实就是占用着，他们负责给修缮一下，不至于倒塌罢了。那个大娘介绍的人，就是我们附近靠山沿的一户人家的姑娘，也就是我妈。我妈家里原来在南京帮资本家打工。我外公当账房先生，临解放的时候东家给他一笔钱，问他愿不愿意到台湾去，还给他把船票也买了。我外公看看市面上船票炒得很高，他就把船票卖了，赚了一大笔钱，回到乡下置田买房子。我们集市附近的"烟火田"都被他买了下来。他打定主意准备在乡下当个老太爷的，结果没过几年地也没了，房子也让人给分了。不然依我外公家的条件，绝不可能想起来跟我们高家联姻的。他自己本人在集上的油坊当个会计，即便这样也很瞧不上我爸，常常跟人聊天说自己以前怎么怎么风光，现在凤凰落毛不如鸡，要不然凭他家这几间破房子，怎么可能把女儿嫁过来?

三

我外婆个子很高,性情和善,是个当地人说的叫"阿弥陀佛"的人,走路都怕踩死只蚂蚁,家里的事情都是我外公拿主意。我舅舅从小吃惯穿惯,农活干不来,跑去跟人学做铜匠,挑着担子帮人家焊锅底、修水壶,口袋里整天瓜子、小糖不断,可是不给旁人吃,自己瞧没人的时候拈一粒扔嘴里慢慢品味。我妈见我爸爸答应了这门亲事,可是老不上门来娶,便去问我奶奶。我奶奶就跟我后来的爷爷商量说怎么办,我爷爷说那带着人上部队去找呗,找回来结婚的一应费用咱们出。家里不是养了一头猪吗,咱们把它杀了办几桌席,然后什么铺盖都换里外一新。他除了帮生产队做挂面,农闲的时候还偷偷帮人家炸一些馓子、麻花,手里有点余钱,反正房子是现成的。

商议好后,我奶奶领着我妈到部队找我爸。我爸那时在连队当文书,连长识几个字,喜欢看小人书,没事的时候让我爸到团里图书室去借小人书回来给他看。这天他正在班里,连长进来说:"小高,你到营房门口去一趟,你妈来了。"我爸到营房门口一看,头"轰"的一下子大了。我奶奶后面还站着我妈,躲在我奶奶身后扭绞股糖一般。我奶奶跟连长说,给我爸在家把媳妇说好了,不能老耽误人家姑娘,请他恩准回家结婚。连长听了直摆手说:

"不能这样说！准他半个月假，你看可中？"我爸回来以后，请人把祖屋简单粉一遍，后面的围墙用土基打起来，婚宴就在后院里办了。

半个月婚假结束，我爸回部队正好赶上抗美援朝那批人退伍，他就当了十一班的班长。当了班长不久，团里下通知让高小毕业的人去参加考试，考试合格的人到南京去上炮校，好像是会四则运算就行了，但我爸只上到小学三年级不符合标准，大概考试没过，考完试他还是回到连里当班长。三年兵当完，他拿到一点退伍金回到老家，我妈说祖屋的房顶漏雨漏得厉害，下雨的时候要把家里所有盛水的东西拿出来接水。我爸把退伍金拿出来，买一点小瓦，把房顶上坏的地方修了一遍，剩下的钱逮了一头小猪喂着。

听人说我们家乡山里发现一个矿，招退伍军人，他背了行李去试试运气，到了才发现当地的许多战友都去了。他们借附近村庄人家的锅烧饭，等米吃完了，探矿的说这个地方的铁矿储量很小，没有开采价值，劝大家都散了吧！他们又背着行李很沮丧地回来了。我爸在回家的路上遇到外公，跟他打招呼，我外公带搭不理。他一走，我外公就嘲笑他说："这下踏实了！他就是跟牛屁股的命。"

回来以后，我爸第二天跟村里人一起下地干活，去拽水田里长的野慈姑。正在拽的时候，我们一个祠堂的长辈在高级社当社长，他看到我爸说："哎！上面来了一个指标，让去上大学你去不去？"我爸说："我才上到高小，怕是人家不要。"他说："没事的，现在省城里办了一所中学，专门培养劳动人民的知识分子，等你们学好了，再让你们升大学。我帮你报了名了，你回去洗洗，明天就走——"我爸回家跟我妈商量，我妈立马去把那头养了半大的猪给卖了，凑了一笔路费。第二天，我爸到省城去报名，报名的时候已经迟半个月了。办理报名的人说："你怎么到现在才来？"我爸说："也才刚接到通知。"他说："那你等着吧！看看后面可有人了，等凑齐了一起考。"那会儿农村向城市流动只有两条途径：一是参军，二是考学。

考试结束，他被分到工农速成中学。在他们前一届有许多全省劳动模范和战斗英雄，比如渡江战役的马毛姐，她见过毛主席。我上小学的时候，她到我们学校做过报告。不过她学习笨得要死，学校专门请了老师教她一个人，她也学不会。后来她在合肥东门一个厂当书记。我爸的志向是想当个医生，于是选了医农专业，但就是因为这个选择多念了一年，其结果是这个学校被下马了，原因是学生基础太差了，许多人不具备升大学的知识水平。先前那一批都升入了安徽大学，像他这样在部队当过兵的，选择是哪里来哪里去。我爸想了想，那就第二次当兵吧！当兵也有两条路：去西部某基地，或者就在本地的公安总队。这时候正值困难时期，他们在学校整天吃不饱。部队最起码能吃饱饭，他就选择去了公安总队，正排待遇，一个月能拿六七十块钱。拿到工资之后，我爸先给我妈寄了三十块钱，因为我妈写信来说祖屋的墙又要倒了。原来祖屋的墙是单坯夹土的，年久失修，有一段都塌了下来，请人脱土坯补上了，雨打水浸的又不行了。

等到我出生以后，祖屋等于里里外外都修了一遍，房顶的檩子都换了。正好部队的营房翻修，拆了很多旧木料。陈大头叔叔管营房，我爸跟他商量能不能买点木料回去，把老家的房子修修。喝了几顿酒后，陈大头叔叔弄了一部大卡车，挑稍微新一些的木料拉了一车送到我老家去。这个后来成为他的一条罪状，被批了好久，写了不少检查。等房梁换好了之后，五十年代换的小瓦又开始要坏了，过去那种小瓦房子，每年都要请瓦匠来抓一遍，不然风吹、小猫踏来踏去，就会漏雨。我爸想不如干脆换大瓦，苦于手里没指标。公社的书记来找我爸买水泥电线杆子——我爸一个战友在生产电线杆子的厂当科长，我爸就托这个战友帮他解决了电线杆子，公社书记帮我爸从公社砖瓦厂弄了几车瓦把房顶给换了。那会儿我家这个房子，就算是集上最气派的房子了，门口还种了几棵法国梧桐。夏天傍晚的时候，许多人在我家门口乘凉聊天。我二姑母有时从附近的村子里来，她一边看一边感叹说："这以后有钱把后院的房子再盖起来，这就算子孙万代了！"

后来我们户口都迁到城里来，这个千辛万苦保存下来的祖屋，就让葛家开了代销店。不收租金，他家负责修缮不让其倒掉就行了。那时我还会到集上去看看，老葛龇牙一乐。老葛旧社会时镶了金牙，他喜欢以这种方式笑。老葛说："你家的房子要修了，再不修山墙都要走了。"我说："都不收你租金了，你不能修一下？"他说："这个修房子代价就大了——要不你回去跟你爸说一下，卖给我怎么样？"我说："你想得美，这是我们家祖产。就算是倒了，地也是我们家的。"

后来老葛死了，房子没人住真是不行，三五年的工夫就倒了。有一年刮大风，南边的山墙倒了，房子的瓦全摔坏了。我叔来问我爸："怎么办，是请人修还是把剩的残砖断瓦处理掉？"我爸想了想说："你把能用的东西拉回去盖个厨房吧。""那块地怎么办？""种点树吧。"后来村里人盖房子占了我家的后院，我叔还跑去跟人吵了一架。我爸劝他："哎呀！算了，我家也没人回乡下住，你家也没人要那块地。随他吧。"

四

我这次回去，听说以后这些人口少的村庄要合并，我们高家祖居那个村庄已经全部拆掉了，村庄里的人搬到镇上去了。这个村子已经变成一片良田，拆的砖瓦挖了一个坑全部埋了。谁也想不到原来这个地方在抗战的时候还办过一所联合中学，作家朱西宁曾在这所学校念过书，并且在这里第一次读到张爱玲的作品，当即惊为天人。这所学校就办在我们祠堂里，可以想见规模还是不小的。

我奶奶生前常说一句话："万物土中生，万物土中埋。"现在这一切都埋在地下了。而今这块地上种的油菜都开着金黄色的花，蜜蜂在上面嗡嗡地闹着。

老无所依

上个月我陪我爸到医院去检查身体，因为每年单位例行的体检报告出来后，体检中心的医生给家里打电话说最好到附近的三甲医院再做个检查。他怀疑我爸泌尿系统可能有点问题，建议最好再复查一次，又叮嘱说早晨不要吃东西。

因为医院附近的停车位很紧张，早晨六点来钟，我跟我爸就打了一辆出租车去了。到了医院满坑满谷地都是人，上楼的电梯前面早已经排起了大队。我爸嫌人多，他说："咱们挂个专家号吧？"我说："都是专家号。""那挂那种很贵的知名专家号呢？"我说："我去看看吧。"我到知名专家那边看了看，这个科那天没有人坐诊。我下楼的时候我爸快要排到电梯的门口了，我们要看的那个科室在十楼。到分诊台前面，我把病历以及挂号单子交给护士，护士用圆珠笔在上面写了一个数字，她跟我说："带老人家来看病的吗？"我说："是的。"她问我："老年证带了没有？"我说："有有有。"在包里找到交给她看了。她说："你们前面

073

还有好几十个人，等会儿我帮你插一下队。你现在先带老人家到旁边坐一下吧！"

我带着啧有烦言的我爸在一边坐下。我爸说："哎呀！现在医院怎么这么多人？你就是大惊小怪的！反正我也活够本了，人生七十古来稀，我都八十多了，还有什么想不开的，死也能死起了。"我说："你怎么那么烦人呢？等一会儿怎么啦？刚才那个护士不是说等会儿照顾你一下，让你插个队吗？你怕烦，年轻的时候怎么不努力当官？厅级干部拿证件来，往医院一放，什么都不要管，二人一间病房，做什么检查都提前通知你。"我爸听了不言语。我说："你等着，我过去看看。"他说："我想喝水，我早晨出来就没喝水。你问问医生能不能喝水？"我分开汹涌的人流又出现在护士前面，我问她："上午要做尿检能喝水吗？"她说："可以喝，楼下有自动售货机，那里有水卖。"

我看看电梯前面排队的人太多了，干脆顺着楼梯来到二楼，在自动售货机里买了两瓶水。一个老头也在那儿买水，他自言自语说："这个东西怎么吃了钱不给我水啊？"我说："你扳一下那个扳手。"他说："我不会用啊。"然后无助地看着我。我上前一扳扳手，他先前投进去的钱叮里咣当地掉下来。我问："你买什么饮料？"他说："跟你一样的。"我给他重新投币，两瓶矿泉水从里面掉下来。我掏出来递给他。他说："谢谢你小伙子。"我一指头发说："我也小老头了，不是小伙子啦！"他对我挥挥手，然后挪起坐在墙边一个老老头子走了。

我回来的时候我爸正闭目养神，我把水递给他说："水有点凉，你喝慢一点。这楼上楼下跑的，活累死。"这时他不忘幽我一默说："你不好好地混，如果你当个厅级领导，这点事情还要你亲自来办？随便叫个人来不给办得停停当当，哪要到你跑上跑下的。"我拿着瓶子跟他互碰了一下："老子不如人，儿子自然就是不如人了。"我爸听了一笑，扭过脸不理我。

　　过了一会儿，我听护士喊我爸的名字，我说："来了——来了——"我赶紧挤到门口，护士过来赶门口的人："都站在门口干什么？等我叫名字，叫到谁谁进去，都挤在门口让别人怎么进去？"这样哄过一阵以后，人各自归位了，但过了一会儿又围了上来，像觅食的鸡一样。我都奇怪这些人为什么对与自己无关的人病情那么关心，都伸着鲁迅先生说的看客的脖子，嘴微张着，看医生问话、写病历、看 B 超片子，包括拧开保温杯盖子喝一口水都看着津津有味的。医生翻看着我爸递给她的体检报告，说："从这个报告上看，你的前列腺钙化导致了你有点肾缩小。这样吧，你下去做个尿检，还有 B 超。"我爸说："这个报告上不是有尿检结果和 B 超结果吗？"她说："你还是做一个比较好一点。"具体怎么好她也没说，她把报告与病历递给我，然后飞快地在电脑上输入化验的项目。"你先到三楼做个化验，等结果出来以后你再拿上来给我看。"然后她开始伸头喊："下一个——"

　　下楼的电梯前面照样是人山人海。我爸说："我走楼梯吧！这人太多了。"我说："你行不行啊？"他说："我慢慢下。"

我说："那行。"下到三楼，我把卡里充了钱，然后在尿检的地方领了个塑料杯子。我问他："现在想尿尿吗？"他说："不想。"我说："那再喝点水等一会儿。想尿的时候告诉我，我领你到卫生间接点尿给他们去化验。"我爸对我摆摆手："我自己来！"等我把塑料杯子交到化验中心后，一个医生说："半个小时后，你到那边的机子上打印报告单就行了。"我问他："怎么打印？"他说："你用卡划一下就行，那边有人会教你怎么使用。"等我们把B超也做完了，已经快到十一点半了，但化验报告还没出来，我们就坐在打印机前面的椅子上等。这时我遇到自动售货机边上那个老头，他旁边坐着一个老老头，扶着拐杖正垂头而睡。他对我笑了笑说："你也在等化验报告？"我说："是的。你也在等报告吗？"他说："我自己报告单拿到了，现在等的是我父亲的。"我问他："你父亲高寿呀？"他小声地说："九十多了，不让我跟人说，怕阎王爷知道把他给领走了。"我说："身体怎么样？"他说："比我强，有点老龄病，现在等他的化验报告出来，等会儿找医生开药。"他拎起旁边空椅子上的一包药给我看，说："我自己的都开好了。"我问他："你是什么病？""我有糖尿病，轻微脑梗，都十好几年了。"我说："你怎么不在家里找个人陪你来，这楼上楼下跑的。""孩子都在国外，我老婆身体也不太好。本来她要来，她来也帮不上什么忙，回头我还得照顾她。现在真先进了，以前拿报告还要到化验室去，现在一划报告就打出来，真科学！"我说："是啊。"

正在我们有一搭没一搭聊天的时候，老老头醒过来了，他问他儿子："几点啦？"他儿子掏出手机看了一眼说："爸，十一点四十。"老老头说："我都饿了，我记得以前这个医院旁边有家做肉饼的摊子，那个味道可好，等会儿看完病我带你吃肉饼去，给你一张大一百的随便吃！你以前小时候发烧到这儿打针，死活都不愿意来，一说打完针给你吃肉饼你就肯来了。"老头说完，意犹未尽似的晃了一下脑袋，脸上漾起了笑意。他儿子没好气地说："我现在要能随便吃就好了。这个是哪年皇历了，亏你还记得住。"他凑到老老头耳朵边说："肉饼摊子没了——""没了——怎么就没了呢？"老头很惊讶地问他。他说："我怎么知道为什么没了！"我爸小声跟我说："这老老头好难缠，那个肉饼摊子没了有二三十年了。"我拍了拍他的手，意思让他少说两句。拿了报告单，我们又回到医生那里，医生开了一些药，约好了下次复查的时间。

在医院门口打车的时候，我又遇到那对父子。那个儿子裤腰带上左边系了一包药，右边系了一包药，搀着颤颤巍巍的爹正在等车。这时一辆车停在他前面，他看到我就示意我先上，我示意他先走。他扶着老老头上了车，再把拐杖递进去，自己拉开前面门坐到司机旁边，然后伸出头跟我打了个招呼，我也对他挥挥手。我爸总结道："你呢，讲出息是真没出息！你看看人家子女都在国外发展，但我一想到你还能楼上楼下跑，总算还有点孝心，像今天这样让我一个人来，我是真跑不下来了。一想到这一点，连你没出息好像也能原谅了。刚才这对父子真叫老无所依了。"我说："爸，不瞒你说，我有很多到国外挣大钱的机会，就是放心不下你才留下来的。"我爸说："去去——去，给你三分颜色你就开起染坊来了！"

第三辑 · 猫的路

猫过马路就像骆驼钻针眼一样，

虽然这样难，

猫仍然要到马路的对面去。

猫与我一同等待着光线，

它的耳朵迎着光是半透明的。

花 绣

　　那年，我们几个画画的朋友聚在一起议论为什么混社会的身上多刺青。阿七就说刺青好疼的哪，不刺能不能混社会？我说古今中外混社会的多要刺。旧时混社会第一条就是不怕疼，三刀六洞眼睛眨都不带眨的。天津卫过去的混混在家穷得实在没办法了，往赌场门口一站就要吃干股。里面人二话不说扔出一把刀来，这个要吃干股的人马上撸起裤腿就旋一块肉下来，看对方怎么办。对方如果也是狠角色，接过肉就给吃了。阿七问："那怎么办？""接着再旋，如果他还接着吃，那就接着旋呗！一直旋到这家伙不再吃为止。"阿七又问："万一这个人就喜欢吃日本料理呢？"我白他一眼没理他，接着说："等到这个人吃差不多了，也觉得对方是条汉子才吩咐人拿金创药来，抬到后屋好好将息。这家赌场的干股算是吃上了。"阿七再问："那上海滩的杜老板也旋肉吗？"我反问："谁？杜老板——杜月笙，人家不靠这个！""那靠什么？靠脑子，靠做人，主要还是靠组织。""旋肉，三刀六洞都是底下人干的。你见过哪个组织的大佬浑身刺得像花瓜一样的？"

阿七想了想，说："如果我要刺青，我就刺条蚯蚓。"我问他为什么要刺条蚯蚓，他说面积小，不疼。我说："你那个有什么气势，出来唬不住人啊！开干之前对方一撩衣服，左青龙右白虎，老牛在当中。你文了一条小蚯蚓，没动手之前就输了。文这个还不如不文。"阿七问："那刺什么好？"我说什么酷刺什么呀，外国刺十字架、骷髅头、几条蛇缠着的美杜莎、交叉着滴血的弯刀。日本黑道喜欢文锦鲤、龙、凤凰、蛇、武士、樱花、老虎、头盖骨、佛狗、牡丹、菊花、枫叶、莲花、海浪。村上春树说他年轻的时候有次坐火车，遇到一对雅库扎夫妇。夜里火车上很热，蚊子又多。这两个人就噼里啪啦蚊子，打了一会儿又掏出烟来抽，大概是想把蚊子熏走。村上春树看男的一身好花绣也不敢吱声。过了一会儿，那个雅库扎大叔又把烟递过来叫他一起抽。他又不敢不抽。因为雅库扎大叔的脾气是很古怪的，不抽怕他会发作起来。他们就从夜里抽到天亮，把村上春树的嘴抽得涩苦不堪。阿七说哪里都有胆小鬼，这个古今一般同。后来他问我说："文身有简单一点的吗？"我说："没有。"桌子上的人七嘴八舌说："阿七你不如文个《富春山居图》。"阿七说："我不混社会，我回去好好画画了。"

我说中国自古以来就有文身。唐朝长安城里有很多混混，白天酒楼歌馆作乐，晚上就在大道上劫杀行商。那些赶脚做生意的人见到他们一扒衣服，刀还没有掏出来就抱头鼠窜。这些混混要的就是这个效果。

唐宪宗的时候，李夷简在四川成都做官。成都市面上有个混混叫赵高。这个人因为经常寻衅滋事被官府抓了好几回了。赵高这个贼厮很聪明，他在后背上满满地文了一幅毗沙门天王的刺青。每次要行刑的时候，剥开衣服官吏一看是毗沙门天王的刺青就不敢打了。赵高仗着后背有"护身符"横行市上，四处为害。那真是"豆腐掉到灰堆里，吹又吹不得，打又打不得"。李夷简一上任，手下人把这个情况报告给他。李夷简大怒，命令手下人特制一根棍子，两头都用动物的筋缠紧。赵高被抓来后，李夷简命令手下："给我打，什么时候把他这个毗沙门天王打烂什么时候算完。"最后一直打到后背血肉模糊了，也看不清佛像的刺青了，才放了他。赵高趴在地上一声都不吭，不能喊，一喊疼这个做"光棍"的资格就要被取消。赵高被人抬回去养了几十天后，光着后背在街上晃，站在商铺的门口高喊："拿钱来——"人不解，问他："什么钱？上个月保护费不是交了吗？"他说："修佛像钱，眼瞎呀！看不到后背上的毗沙门天王让人给打坏了吗？"

阿七说："哎呀！这个赵高还挺牛的！"我说："他是运气好，遇到李夷简。如果他遇到薛元赏，保管他站着进去躺着出来。因为长安城的社会治安一直不好，狠角色薛元赏就被调来当了京兆尹。这个官职相当于今天的北京市市长。薛元赏这个连禁军大将都敢杀的人，况于区区一伙小毛贼乎？大宁坊有个无赖叫张干，左胳膊上刺着'生不怕京兆尹'，右胳膊上刺'死不畏阎罗王'。反正就是各种不服，各种挑衅。还有一个叫王力奴的，花了五千钱，请人在前胸、后背上刺上山水、亭院、池榭、草木、鸟兽，走到哪儿就像开流动画展一样。以前的京兆尹张仲方拿这些人没办法，基本上抓了放，放了抓。每抓他们一次，他们的气焰就涨一层，出狱的时候，小弟们在牢门口站一排，张灯结彩的，有敬酒的，有敬茶敬果子的，都抢着喊哥，比打了反叛分子还要荣耀！这些人一律晃着身上的花绣扬扬得意地在街面上混，看谁不顺眼就拿羊胛骨往他头上敲。这个也是'古今一般同'。但他们的好日子终结者薛元赏来了，派人将他们一网打尽。抓了三十多个，一律杖杀，打死了扔到街上示众。其他名声不是很大的混混一看，这家伙不是头路，不带这么玩的，于是纷纷把衣服穿起来，不敢光着膀子在街上晃了。薛元赏是个比阎王还恐怖的人。"

段成式《酉阳杂俎》中说唐代刺青就很发达了。书中说高陵县抓到一个贼人叫宋元素的，身上刺了七十一处，左臂刺"昔日已前家未贫，苦将钱物结交亲。如今失路寻知己，行尽关山无一人"；右臂上刺葫芦，葫芦上面有个人头，如傀儡戏郭公的样子，县吏不明白就问他是什么意思，他说："这个是葫芦精。"还有一个人是白乐天诗的爱好者，自脖子以下全部刺白乐天的诗。他自己对身上各个部位刺什么诗了如指掌，段成式他们围观的时候，他反手摸着后背说这个是白居易"不是花中偏爱菊"，他们绕到后背一看，果然刺着一个人举着杯子正在看菊花。其实这首诗是元微之的，大概刺青的人记错了，也给他刺在后背上。还有什么"黄夹缬林寒有叶"。他们数了数，七七八八的有三十多首，不禁感叹说："你真是一部行走着的白居易诗集啊！"

猫的路

　　前不久我家门口的路又拓宽了，这使猫过马路的难度几乎成倍数地增加了。

　　猫过马路就像骆驼钻针眼一样，虽然这样难，猫仍然要到马路的对面去。关于猫为什么要到马路对面去，对我来说简直成了一个谜。因为有些猫到这边来，有些猫要到那边去。如果是为了寻找食物的话，它们应该是有一个统一的方向，或者像人从菜场或者超市回来那样手里拎着塑料袋，里面装着西红柿、黄瓜、白菜、肉以及其他什么东西。猫在找到食物的时候会叼在嘴里，带着一种俨然是逛完菜场的神情回家。莫非它们来来往往是为了爱情？对于猫要到马路对面谈恋爱，它做过这种风险评估吗？以前没有拓宽时它们兴许有五成的把握能走到对面去，和心爱的猫见上一面。它们会趁着夜深人静的时候溜到对面马路上去。有一只母猫蹲在树根下面，然后它们就见面了。猫不像人可以拥抱，但是它们互相在树根下用脖子蹭来蹭去，然后——天知道它们到什么地方去，也许是坐在春天的屋顶上唱歌，屋里熟睡的人被这男女声二重唱的歌声吵醒了，就往上面扔东西，喊着："滚——死猫！"

现在马路拓宽了，这种诅咒在现在有百分之七十的机会会兑现。这只热恋中的猫在回来的路上让车撞死了。

这几天我时常看到马路边躺着一堆黄乎乎的东西，凑近一看原来是只猫。猫死了就像一堆破布，你无法想象它原来身手那么敏捷，可以跳得那么高。有一次我看到一个骑摩托车的从立交桥下疾驶而出，一只猫从马路的对面飞速穿过。他与它像子弹一样撞到一起，猫在空中飞了很远，长了翅膀一样。我觉得照这种飞行姿势，这只猫应该不会死。它落了下来，在地上打了几个转，然后就死了。这个摩托车手因为一个急刹，人也从车上摔了下来，然后人车分离，车向另外一边飞过去，人向这边飞过来。幸亏他戴了头盔，不然他就跟猫的灵魂走个对脸了。他一脸惊惶地站了起来说："刚才那个是狗吗？"我说："你把人家的猫撞死了。"他问我："在哪儿呢？"我说："喏！这个不就是嘛。"他走过去，拎起猫的耳朵："差点害死老子。"然后他一拐一拐地走到马路对面，扶起车。车打不着，他推着车慢慢走了。

有些猫会死在路中间。路上有的车会从它身上碾轧过去。早晨的时候你还能看到它是一只猫，中午的时候地上就是一层黄色或者白色的猫毛。第二天这个地方只留下一圈褐色的印迹，这是猫流出的血。洒水车唱着歌过来，开车的人连忙升起窗玻璃。等洒水车过去了，地上这一圈褐色的印迹也没有了。

谁也想不到这个地方曾经死过一只猫。

睡懒觉

从去年开始，早上我渐渐睡不了懒觉了，而且一醒就要起来，穿衣服坐在那里摸摸砚台、翻翻书、理理画，尽量不发出声音。把猫吐在地下的一片狼藉清理干净（老猫的通病，想吃但是一次吃多了又吐）。我走到哪里猫跟到哪里，它在后面发出哀伤的声音，好像在说："给我一口吃的吧！求你了——"然后我就开始训它："为老不尊！自己肠胃不好又不是不知道！一次吃那么多！少吃多餐乃是养生之道，知不知道？"外面的光线射进来，早晨万籁俱寂。我像站在一个孤岛上。光线像潮水一样舔舐着窗帘，一点一点向里窥探。光线慢慢地上涨，它没过拖鞋，胆怯地伸到睡衣的角上，触摸到盛着半杯残茶的茶杯边缘、花瓶里稍显得干瘪的月季、翻开的书、咬了一半的馒头。猫与我一同等待着光线，它的耳朵迎着光是半透明的。如果是个大晴天，光线会在那么一瞬间冲进来，像舞台上打给主角的一束强光。在这样的大晴天，还有什么比睡懒觉更快活的事情？

我记得小时候在乡下，特别冷的早上，我奶奶出来进去嘴里冒着白汽，像生火待发的火车。不知道奶奶在拿什么东西，总之有轻微的响声，紧接着就是唠叨："还不起来？二宝子已经背着屎筐子出去钩屎去了。你这么懒可怎么得了？"半梦半醒之间，想象二宝子背着屎筐子在严霜下钩猪屎，树木被冻得嘎嘎响。每一团猪屎上面蒙了一层白霜，长了绒毛一样。这一切都让我的睡眠变得更加香甜。柴草燃烧的味道飘来了，粥在锅里小声唱歌，菜下锅"欻啦——"一声。鸡在屋外叫，谁拿东西扔它？远处的驴叫起来，听着像笑得上气不接下气的一个人。村口的广播播完新闻，又播音乐《浏阳河》："浏阳河，弯过了几道弯，几十里水路到湘江，江边有个什么县啊……"迷迷糊糊又睡了。真香啊！醒了，光线从屋顶的明瓦上射下来，睡在床头的猫伸了一个懒腰。有长长的一天等着我，急什么？慢慢穿衣服。用脚在床底下找棉鞋，没有。那一定放在灶沿的锅洞里面烤着，暖暖和和穿到脚上。粥放在草焐子里温着，此外有一个白煮蛋、一张葱油饼，是奖励睡懒觉的人。

　　屋里的人都下地干活去了，桌子上大座钟一格一格走着。霜被太阳晒到化成上升的热气流，远近白蒙蒙的一片。二宝子从大路上回来，帽子的两个耳捂子系在下巴，像《智取威虎山》的小炉匠。我问他："可钩到猪屎了？"他把身后的筐子往前一呈，如同献什么宝物。我看了一下，大概有那么两三粒，在筐里滚来滚去。"怎么这么少？""老五起得早，都给他钩去了。前面有一队赶猪上集的，我没有撵到，明天还要早一点。"二宝子不睡懒觉，这样的人能干大事。如果他在古代遇到黄石公，黄石公就会传他兵书，因为他能起得早！还能帮老爷子捡鞋子。我爷爷常常教导我，早起是"三宝"当中一宝，具体怎么个"宝"法我忘了。迟起有"三慌"，我一直是处于"三慌"的那类人。要不衣服穿反了，要不袜子一只一样，要不就是一手擎馒头一手扶车把在街上狂奔。像我这样睡到日上三竿的懒汉在延安时候是不存在的。《兄妹开荒》，男唱："雄鸡雄鸡高呀么高声叫，叫得太阳红又红，身强力壮的小伙子——"合唱："怎么能躺在热炕上做呀懒虫？"男唱："我扛起锄头上呀上山岗，站在高岗上——"合唱："好呀么好风光！"女唱："太阳当呀么当头照，送饭送饭走一遭，哥哥掏地多辛苦——"合唱："怎让他饿着肚子来勤劳！"

下雨天更是睡懒觉的好天。说过去一个财主家里趁了不少银子，大天白日在家睡懒觉，命人站在屋顶上洒水，刻意营造一种雨天的气氛，然后令一个仆人过十几分钟小声喊一次："老爷——时候不早了！先生都等半天了！"翻个身接着睡，越睡越香。我上学的时候也是这样，早晨我爷爷奶奶喊我起床："不早啦！起来吃点赶紧走吧！要不先生要说你了！"所以我觉得睡懒觉的标配，是要有人在旁边小声催你起来。如果没人催你起来，这个懒觉就显得不那么珍贵，所以说我爷爷奶奶是雅人。后来到城里，我爸行伍出身，不懂这些风花雪月，早晨听到部队的营房军号一响，先是将收音机开到最大音量，自己做一套广播体操热身，然后就是掀被子拿皮带抽。我念点书吃了多少辛苦啊！起来以后叠被子，被子要叠得斩方四正，边角用手捏出角度；随后，自己拿搪瓷盆子到食堂打饭，一个馒头、一碗鼻涕一样的稀饭；刷了碗赶到学校，除了学校的门卫没其他人，他一边搞卫生一边跟我有一搭没一搭地聊天，弄得我对学校的情况比校长还熟悉。

我知道教体育的张老师怕老婆，他老婆在长淮饭店卖包子，长得眉清目秀的，可以称之为"包子西施"。张老师长得五大三粗的，穿翻毛大皮鞋，爱踢学生。外面人都怕他，但是他怕老婆，老婆叫跪马上跪倒，驯服得如同一匹战马。教音乐的陈老师，上海人，可"精味"了。你知道他到现在为什么还是王老五？家里成分高，资本家。就这样的人眼光还高，嫌当地的女孩子喜欢吃蒜，一嘴的蒜味。宁愿一个人单着也不找人……他又问我："小小年纪起那么早干吗？做贼吗？""你当我想起来？"

李劼人写他小时候上私塾，教书先生看到学生迟到，就像野猫一样叫起来："读书人三更灯火五更鸡，秀才是那么好中的？"然后把个板子打得山响。班上有个同学叫"哭生"，每天必被打一顿。我现在读到都为他鼻酸。在我爸的"暴政"下，我少睡了多少懒觉，现在想想还恨得牙痒痒。但是他现在老了，我也不能掀他被子或者拿皮带抽他，且不说是大逆不孝，就算赢了也胜之不武呀！现在不仅不敢掀，还生怕他受了凉，自己变成个唠叨嘴："老了不要图俏，多穿点——受了风可不是玩的！"收获的是："哎——你烦不烦呀？要你讲！"

以前我的觉可多了！睡得最死的一次是住集体宿舍时，同寝室的出去看电影，请我晚上帮他留门。我晚上十点多钟上床，早上八点多醒来，一看被子上有竹竿、衣服架子、土坷垃、半截断砖，弄得我很惊恐，以为半夜有刁民想害朕！我把被子上的东西清理完，走到水房去打水，走廊上看到室友靠在墙上睡得正香，嘴角还拖着一线涎水。我踢了踢他，他像见了杀父仇人一样上来掐我。我惊问："你怎么不喊我？""我把什么招都使了呀！附近能找到的东西都扔完了。你是故意的？"我说："我真不是故意的，睡得太死了，一点感觉也没有。"一直到今天我仍然敢跟他赌个咒，真是一点感觉也没有。一个人怎么可能睡得那么死呢？奇怪！

　　年轻时的觉质量高，一觉是一觉。喜欢打麻将的打几天几夜不睡觉，白天还照样精神十足地上班、上课。遇到有女孩子约逛街，愿意陪人家走到天荒地老。现在熬点夜，几天精神都不好，怎么睡也缓不过来劲，白天坐在那里精神一松弛就睡着了，恍惚听到人点名说："那个谁想睡觉回家睡去，开会你还打起呼来了！"回家乔张做致，先泡了脚，照书上说的把有助于睡眠的穴位都按了；喝了热牛奶，躺在床上等着睡神降临；再放了瑜伽音乐，数完了一千头绵羊以后却精神百倍起来。下了一部剧看起来，看完一看时间夜里两点多了——秧歌队要来了！

　　住家阳台对面有个小广场，每天天不亮，就有人在那里跳秧歌、打腰鼓、跳广场舞、耍鞭、打威风锣鼓，以前我还以为他们在那里锻炼身体，现在我明白了：他们是妒忌人家睡懒觉！要不为什么闹出那么大动静？跳广场舞的放《荷塘月色》《套马的汉子》，唱："大姑娘美那个大姑娘浪，大姑娘走进了青纱帐——"走了一拨又来一拨，前脚走了锣鼓队，后脚来了耍鞭的，前腿弓后腿蹬，甩开在空中挽个鞭花，听得人在梦中一惊。耍鞭的走了跑旱船的又来了，跑旱船的走了美声独唱又来了，自己报幕："下面为大家演唱《在银色的月光下》！""下面为大家演唱《二月里来》！""二月里来呀好春光，家家户户种田忙。种瓜的得瓜种豆的收豆，谁种下仇恨他自己遭殃——"种种行径，说明他们就是不想让人好好睡觉，这是前浪趁着后浪昏睡百年时候的顽抗！我准备加入这个行列当中，贡献自己的一份光与热。我要报名加入老年威风锣鼓队，反正早上也睡不着。不如让暴风雨来得更猛烈些吧！海燕——你长点心吧！

孤独的人

　　帮我找回笔记本电脑的警官前几天打电话给我："哥，晚上有空吗？出来喝顿闲酒。"我说："好呀！但首先声明我的酒量不行，只能喝一点点。""那没关系，主要想找你聊聊。回头我把地址发给你。"过了一会儿他把地址发了过来，不远，扫共享单车骑过去就行了。

　　晚上我们在酒堂的大堂遇上，他正在点菜，怀里抱着一个酒坛子。我说："你准备拼命？"他一笑说："还有三位朋友。不多，才五斤。一人一斤应该没什么问题吧？""问题大了，看得我眼晕。""那就喝着看吧，喝不了就存在这里，你别有心理压力。"进了包厢，服务员泡了茶送进来。我问他："你老家哪里的？""东北的。""怎么会跑这么远当警察？""阴差阳错吧！只能这样说。那一年我警察学院毕业，分到山东青岛一个港口派出所。我去报到的时候，单位说现在编制没下来，你只能享受事业编，要等。我找到学校去要求重新分配，学校说现在北方都分配完了，合肥你去不去？也是省会城市，你考虑一下。也没办法了，就来了。就这样在这边娶妻生子，干了十几年了。"

我说："有十几年时间，差不多能融入一个城市了。"他说："没有！哥，你能体会孤独感吗？我看到你就觉得挺有缘，照常理来说，你这个案子在我手里办，你请我吃饭或者我请你吃饭，都是不符合规定的。好在现在已经结案了，我就想找你聊聊，孤独感是怎么一回事？我在单位不跟人说这些，其他人可能觉得我幼稚。多大的人了，还说这些。"我喝了一口水说："我听着呢，你说说你的孤独感从何而来。"

"我脾气不太好，又不会说话，所以我把嘴闭上。在单位我就是一个会干活的哑巴。我怕我喝酒的时候嘴上没有把门的，在单位聚餐的时候我滴酒不沾，他们喝酒我就喝可乐。我怕我一喝高了嘴上又得罪人——哥，你说我这样累不累？"我没有吱声，听他继续说。"但凡我会个其他手艺我都回东北了。我老爷子老年痴呆住在养老院里。我妈妈身体不好，常年要人服侍。我这个做儿子的一点忙也帮不上，你说他们养我这个儿子有什么用呢？"说到这里，他眼睛里起了一层雾水。他扭过头，把桌子上大坛子抱过来，给自己倒了一杯。我说："哎——菜还没上呢，等会儿吧！"我拍拍他肩膀说："老爷子住养老院一个月要不少钱吧？"他说："他有工作，退休金交养老院正好。这个倒不要我负担，我就是觉得自己没用。真一点用都没有！我老了退休了一定回东北。"说完他一口把杯中酒干掉，这一杯大约有半斤。

过了一会儿，他约的朋友来了，菜也上来了。他说："你们用小杯子，我不耐烦这样喝。你们也别管我——不会比你们少喝。这个是我哥，你们帮我陪好。"我笑笑说："你们喝你们的，拳怕少壮！你哪一年的？"警官说："我八五年的。""他们几个呢？""最小的云云，九〇后。"有个小伙子站起来说："我就是云云，在这附近开汽车修理厂。哥以后你车坏了要修到我那儿去。"

　　他不大吃菜，自己给自己倒了一大杯酒放在面前，盯着如同参禅一般，看一会儿站起来说："我来撵一下大家的进度。"然后一仰脖子全干了。我算了这也就有一斤了。他喝完之后把手揣在裤兜里，弓着背微微有点晃。我说："行了！别喝了——"后来他又干了一杯，开始有点坐不住了，他说："我出去吐一会儿。"吐完回来坐在那里，脸色苍白。他问我："我不太理解你们本地用小杯子喝酒。喝酒要像我这样喝，咣！一棒子干趴下。合肥这个地方有啥好？冬天死冷，夏天死热。我以前管的那个片区都是菜农，今天张家占了李家几分地，明天吴家偷马家几棵菜，都是这些事，一调解能调解半个月，有时搂不住火就被人投诉了。不像咱们那儿甩手无边的黑土地，有力气你种去，累不死你！哥，你问我十几年了有没有融入，我融入什么啊！真的感觉好孤独……"

　　还有一次，我在太平湖边遇到一个孤独的人。我姐的一个熟人在太平湖边买了套房子，她约我们去看房子，顺便玩两天。房子在湖边的一个岬湾里，周边是一片松林。这个小区大概有一两百套房子，但平常住不过三四户人家，除了湖水拍岸和鸟鸣声，简直一点声音也没有。傍晚的时候我在湖边散步，岬湾里有条船，一个女的站在船上钓鱼，穿一件大红色的旗袍，头上戴一顶渔夫帽，这种搭配也算是惊世骇俗了。我站在她旁边看她钓鱼，她头也没回地问我："有烟吗？我烟抽完了。"我递了一根给她，她点着了，抽了一大口说："一下午没抽，憋死我了。"我问她："钓着了吗？""没有，一条都没有，今天风大，鱼不上钩。你钓不钓鱼？我还有一套渔具。"我说："谢谢！我不会钓。"她问我："在这里买的房子？"我说："朋友买的，我过来玩。这边环境挺好——你也在这个小区住？""靠湖边右手那一排第三幢就是我家。""呵呵，用一根长鱼竿可以在家钓鱼了，真好！""不好！湖边湿气大，当时不知道，现在知道也晚了。除了空气和环境以外，什么优点也没有，想喝杯奶茶还要跑到屯溪去。如果人多住住还行，搞点菜喝两杯酒，掼掼蛋倒是挺不错的，不然的话挺孤独的。""你们一家子住在这里吗？""我一个人。"说完她盯着浮漂，浮漂在水中荡漾着。"孩子放假了会到这里来吗？""不来！他在国外。"我又递给她一支烟，她点着了把钓竿支在船头上。这时我才注意到她有五十多岁，渔夫帽下是蓬乱的白发。她接着说："如果你习惯一个人，这个地方的房子倒是可以买，不远的镇上一般菜都能买到，不过价格不便宜。要有车，没车不方便。周围有些景点可以去看看，但你真正在这里住下来，反而不想去转了。有句话怎么说呢？熟悉的地方没风景，有没有这句话？"我点点头。烟抽完，她小心地把烟头摁灭在一个装八宝粥的缸子里。我说："那你钓——我到其他地方转转。"天说黑就黑下来了，暮色中，她一个人独钓寒江。

它老了！

根据猫的寿命

它并不比我大多少

活动起来很小心：

从窗台上

首先跳到椅子上

然后迟疑地跳到地上

缓慢地走向它的食盆：

每一个动作都有一阵疼痛伴随

我开始起身

为它送去食物

突然感到浑身颤抖

不得不停住脚步

吃力地

调整着呼吸

是的:

每一个动作都有一阵疼痛伴随

——埃里希·傅立特《它老了》

　　早晨起来，在卫生间的地上又发现"小橘子"拉了一泡屎。它应该叫"老橘子"了，到家有十四年了。昨天早晨我在面盆里发现它拉了一截，用纸夹着拈起来，扔到垃圾桶里。我把它抓过来让它看看它干的好事，它蜷起一对前爪，很无辜地看着我。我对它大吼说："你的厕所在楼上！越来越为老不尊了，是不是老年痴呆了？你以为你是苏大强呀！"它冷漠地看着我，一副爱咋咋的的表情。我用消毒液把面盆冲洗了一遍，洗完脸仍然觉得脸上有猫屎的臭味。

　　"老橘子"是风师娘在一个饭店的后厨门口发现的，发现它的时候，它相当地落魄。几个坏厨子拿着一个臭鱼头正在引逗它，它吃一口，坏厨子就在它脸上拿烟头烫一下。这个不争气的东西它饿呀，烫完了仍然不屈不挠地伸出嘴去吃。他们又在它嘴上烫一下。风师娘走过去说："你们折腾一只猫也算不了什么能耐。"说完就把它抱回了家，就这样一直养了下来。

以前它可活泼了，家里来了人总喜欢偎在人旁边玩。特别是长头发的女孩子，它只要看人家头发一动，就伸出爪子去挠。如果带了小朋友来，那它就会疯得不成样子。小朋友在地上滚一个球，它立刻起身把球挠回来，捧到人家的旁边，然后仰着脸等人家再扔，一直玩到人家腻为止。大家见到它都会抚着它的头夸它："可爱呀！可爱呀！"早晨它等在楼上阳台旁边，只要一开门，它马上一跃而出，然后就听到阳台上的鸟"扑扑噜噜"地飞起来，空中飞散着几片羽毛。接着就开始拔花盆里的草吃，不拘什么往嘴里塞，吃到吐为止。

这两年它似乎越来越老成持重了。家里来了人，它看一眼。人家引逗它，它连眼皮都懒得抬一下。人家问我们："这只猫怎么啦？"我说："老了！"如果你伸手摸它，它就摆出一副你很浅薄的样子。不过想想也是，你在街上遇到一个八九十岁的老头，伸手在他头上摸来摸去，他也会还你一副这样的表情。以前最喜欢玩的逗猫棒，上面有几根羽毛还带一个铃铛，它只要一看见马上就扑过来抓。潜伏，装作漫不经心的样子，然后一跃而起；或者助跑，以时速五十公里的速度出拳；或者凌空拦截不中，又转体三百六十度接托马斯旋转，挠上一把。没有半个月，就把这个逗猫棒挠得像中年男性的头部一样。现在你拿出这根逗猫棒，偶尔心情好，它还会屈尊陪你玩上一把。赶上心情不好的时候，它看都懒得看一眼，脸上写着"你多大人啊！幼稚不幼稚呀？"。

早晨阳台的门开了，它像一个老干部似的，慢条斯理地看上一眼。如果有保温杯，也许它会拎上，然后慢慢爬上门槛，其间会绊到几次。好不容易越过山丘了，更高的山丘挡在它前面。以前只要开门，它都会一跃而上，越上阳台的栏杆，然后从栏杆跃上屋顶，享受"我站在猎猎风中，恨不能，荡尽绵绵心痛。望苍天四方云动，剑在手，问天下谁是英雄"的感觉。这两年它经常在跃的过程中摔下来，有时它也很纳闷："咦，怎么会摔下来呢？"如果它是人，一定会摸着脑袋百思不得其解，但是我们知道"老"已经从天而降了。

春天晚上我听到外面有母猫发情的叫声，于是就感叹"小橘子悲惨的身世"。我跟风师娘说："我们这样对一只猫公平吗？为一口吃的，风不透雨不漏。自由没有了！爱情没有了！活着上一次楼，死了下一次楼。"风师娘就厉声呵斥道："哎呀！你感情怎么这样丰富？不阉掉，你见过几只猫能养得住的？睡觉！""小橘子"蹲在床角，目光凄迷。我伸出手，它过来舔了一下。我安慰它说："想开一点吧！鱼与熊掌不能兼得，人生都是这样的。猫生也是这样。"

没有爱情，腿脚这两年也不灵便了。"小橘子"把它猫生的寄托全放在吃上了。

只要看到猫食盆中没猫粮，马上撕心裂肺叫起来，意思是："我都这样了！你们在吃上还克扣我呀，有没有人性呀？"于是不管是不是寒冬腊月滴水成冰，就得马上起来服侍它老人家进膳。有时实在不想起来，风师娘就开解说："你权当它是家里老人，怎么搞呢？如果按照人类的年龄，它现在比你爹岁数还大，你能忍心让一个八九十岁老头饿饭？"话说到这个份上，好像没有什么理由不起来了。"咯嘣、咯嘣"吃完以后，它到窝里躺上，我对它举了举拳头。月光照在它衰老的皮毛上。这件终生皮大衣也越来越不成样子了。它把身子往窝里更深地缩了缩。

"小橘子"牙口好，但是胃口不好，吃多了就要吐，吐完了还要吃。平常我练完字的废纸全部留着，我发现宣纸很吸水，擦这种呕吐物非常好。而且它很会找地方吐，晚上脱下的拖鞋里、书房的桌子上、厨房的料理台上。画完的画立刻要收起来，不然它看上一眼，觉得恶心就吐一口。这样的事情发生很多回了，让我的自尊很受打击。

后来上网查说老年的猫要吃一种专用猫粮，这种猫粮很贵。问了许多养猫的人有没有什么省钱的办法，大家一致摇头说："没有什么好办法。随着猫的年事越来越高，养猫的成本会越来越高的。所谓请神容易送神难啊！""那怎么办？""想想办法多画画，多写字喽。总之多挣钱吧！"这些安慰的话会让我怀疑我生的意义："我是为它活着吗？""某种程度上确实如此，大家都是这样的。你改变不了它，但是你可以试着改变一下自己。"

每次上网买这种专用猫粮的时候，我们都会咬牙切齿地说："难道是前世欠你的吗？你知不知道你比一个小孩还费钱。"这个话当然有点夸张。"那个谁家的猫都会挣钱了！主人给它脖子套个袋子，它自己到银行挠一把就走。你呢？""你看看你，家里的钱都让你吃光了，奔驰轮子让你吃了，包包让你吃了，你看看我的鞋子两个脚指头都露在外面也舍不得买。都是因为谁？"其实这些事情并没有，我们主要想打击一下它，让它省着一点吃。它听了无动于衷，该怎么吃还是怎么吃。吃完了该怎么吐还是怎么吐。

现在你又添上一个随地大小便的习惯，这让人可怎么活？我揪着自己头发想把自己从地上拔起来。我上网查了一下："猫到老年会患上一种认知困难的毛病，随地大小便。"苏大强还有一个孝女苏明玉呀，看你这个架势下一步要不要给你买辆轮椅？我有个朋友养了一条"金毛"，后来就是不能走路了，他们定做一辆轮椅每天推着遛。最后它连头都抬不起来，只好实行了安乐死。回来以后两口子发誓啥也不养了。就算是家里的蟑螂养久了，也有感情呀！

还有一种说法是猫老了，人也是这样。俗话说得好，"人老先老腿"。它上不动楼了。主观上它也想到楼上的厕所里拉屎屎，但是实在上不动了，只好在卫生间的面盆里解决。但是有一个疑问："面盆都能跳上去，为什么楼就上不去？""安乐死！""不行！不行！你怎么这样残忍？你这样做人让我对你很没有安全感。""那怎么办？""我来想想办法，再买一个猫厕所，楼上一个。楼下一个。它爱在哪儿上在哪儿上。马上都要做九十大寿了，它都糊涂了，你还跟它一般见识。"

早晨我下楼买菜，一开门它竟然蹿了出去。这是要离家出走吗？大象好像会这样。它们会在死期将近的时候悄悄离开象群，找一个谁也找不到的地方死去。这让我对它产生一丝尊敬。我喊它："小橘子你上哪儿去？"它愣了一下，飞快地又钻回屋里，来到它的餐桌边上，"咯嘣咯嘣"吃了起来。

小板凳

　　我家的后院堆满了破破烂烂的东西，有五斗柜、洗脸盆架子、缝纫机架子，还有一个沙包，帆布的，可以捆在腿上，我爸说这是他当年练功时请人做的。我问我爸："练什么功？""轻功，脚一跺就上房。""我有那么傻？""你以为呢？""这个扔掉吧？"我爸说："你给我撂那儿，怎么一回来就想着扔东西，等会儿你给我看看那个小板凳还能不能修。""这么大一个院子让这些破烂给占满了，有些东西十年八年都用不上，还留着干吗？""留着干吗？你说得轻巧，我当时置这些东西可不容易了，你就拿这个五斗柜来说，托人在金寨山里买的木料，木料买来了又要找便车带回来。怕木料变形，回来以后一层一层搭起来码着，看见人家打的五斗柜我就拿笔画下来。这个样式称为'捷克式'，你看每条边都开个凹槽，相当费工啊！这个柜子打得手工费就摊到好几十块钱。""我怎么一点印象没有呢？""不是你置的，所以你动不动就说扔掉。""因为置办得艰难才显得珍贵，以后留着传代吗？"我爸忽然兴高采烈地说："说不定放若干年后变成古董呢？听说什么明式家具、清式家具值很多钱呢，不是没有这种可能。等会儿你给我看一下秦大爷送的小板凳是怎么回事，好像楔头有点晃动哎！"

吃过饭，我坐在那个小板凳上换鞋子，后背一靠往下一塌，我看了看楔头确实松了。我对我爸说："这把椅子不行了，下午我到家具市场买一把新的。""你最好找个人修一下。""不够修的本了。"下午我到家具城挑了一把最好的换鞋椅子。我说："爸你来试一下，看看坐着怎么样？"我爸试了试说："不行，坐着不舒服，后背太直了。""怎么会这样？"我试了试，确实坐着不舒服。

我在家里也喜欢坐那个小板凳。我们家有时来人了，都是把人让到高凳子上坐着，然后自己坐在小板凳上仰视别人跟人说话。遇上客气的人他还要下来拉。我们的理由都是喜欢坐这个小板凳，这个绝对不是一句客气话。这个小板凳都坐出包浆来了，油光水滑的，透出一种紫檀木的色泽。

它是秦大伯搬家的时候送给我家的。秦大伯反右的时候被打成右派。他在皖南农村看鸡，跟一个木匠处得不错，木匠特意精心打了一个小板凳送给他。样式是四川茶馆那种楠竹茶椅子，但是用黄檀打的，材质可以做木工的刨子。秦大伯的右派身份改正后住我们家对面。他退休以后喜欢养鸟、养花，每天天不亮担着百灵出去遛，遛完鸟回来浇花。我问秦大伯为啥不养画眉，他说眼子才玩画眉呢。"眼子是什么？""小流氓。"秦大伯给我们家送过两笼鸟，一笼是百灵，一笼是白芙蓉。百灵养了几年不叫，因为我爸喜欢睡懒觉，从来不遛它，它也学不会其他鸟的叫声，整天在笼子里跳来跳去的，后来就把它放了，也不知道能不能活得成。我听说百灵是草原上的鸟，我们这里离草原那么远，谁能确定它能飞回去？就算它能飞回去，草原上的鸟还能认它？灰突突的只会跳上跳下的。白芙蓉比较惨！它叫得又好，又不要遛，可是挡不住猫想吃。猫被打了几回，好像与鸟能和平共处了。猫蹲在远处一副无精打采的样子，人一回屋它就把鸟掏出来了。我用晒衣服的叉杆把它叉了一杆，它丢下鸟跑了，但是鸟已经让它给抓成了重伤，水米不进，最后还是挂了。这是个教训，因为猫和鸟不管怎么样敦睦友谊，都是枉然。

秦大伯他家有一个女儿、一个儿子。女儿小绒是我们院里学习最好的孩子，脾气非常温和。夏天的时候，我口渴拧开水龙头就灌，她看见了上前去把龙头关了，然后揪着我衣领说："喝生水，告诉你家大人去！我家有冷茶到我家喝去——"秦大伯家进门有张条桌，从冬到夏上面都蹲着一个大茶壶。冬天茶壶上包着棉套子，旁边一个茶盘，里面玻璃杯倒扣着，上面还蒙着一块雪白的抽纱。小绒轻轻揭开上面的抽纱，从茶壶倒出一杯淡茶递过来说："生水里面有许多细菌，喝了肚子会长虫子。""虫子有啥好怕的，吃宝塔糖把它打出来。上次我肚子疼吃宝塔糖打出来好几条，有一条不肯出来我用手拽出来的。"小绒听了一脸厌恶的表情。

秦大爷的儿子比我大一岁，小名叫"凳子"。凳子这个孩子从小就喜欢赌，沾上赌的事情他一准在。这个孩子沉默又较真，打弹球打不过别人，晚上一个人趁着星光在院子里苦练业务，一个人跑来跑去，蹲在地上伸出手臂吊线，谁喊他回去他都不回去，没几天就技压群雄，把我们院男孩子的弹球都赢了去。他的裤子口袋里的弹球装得鼓鼓囊囊的，撑得裤子像条马裤，走到哪里都发出"哗啦哗啦"的响声。他把两只手伸到口袋里搅动着弹球到处问人："可有谁跟我玩的？"没人理他，没有对手的英雄特别寂寞。他说："我可以借弹球给你们，也许你们会赢呢？"没有也许，我们不存在这种侥幸心理。弹球这个游戏不玩了，我们开始玩一种新的游戏：在泥地上扎飞刀。找一块土地，弄点水或者撒泡尿给它弄湿弄软和了，以各种手法将刀甩在上面，以直立不倒者为赢家。这个游戏让凳子盯上了，结果可想而知，他把我们所有人的铅笔刀都赢去了。杨二猪那把"镇宅"的宝刀也给他赢走了，这把"镇宅"宝刀是杨二猪他爸上军校时用过的铅笔刀，外形像艘小飞船，特别锋利，用杨二猪的话叫"吹毛利刃，见血封喉"。杨二猪恋恋不舍地交出这把"镇宅"宝刀，凳子安慰他说："东西我替你保管着，什么时候有本钱什么时候来赌。"整个小学阶段杨二猪从来没在玩上赢过凳子，杂七杂八输给凳子不少东西。

凳子在玩上舍得下功夫，肯钻研。这个是他们家人身上的一种特质，他爸喜欢花木，怎么做盆景、怎么嫁接全会。我家院子里有一株磬口梅，就是秦大伯拿狗牙梅嫁接的。凳子和他姐一样都是院子里的"学霸"，只不过凳子不像他姐那么下功夫，临时抱佛脚也能考个年级第一。他大部分时间都用在玩上，后来时兴玩康乐棋：一个正方形的盘子，里面码上大号象棋子的东西，撒上滑石粉，四角有洞，按号打入洞可得分。凳子让他爸在家给制了一个棋盘，一个人在家练，练半个月出来横扫附近几条街，跟人家来钱的。夏天晚上路灯底下光着背，肋条历历可数，凳子不时低下身子看看棋子的角度。别人打的时候凳子坐在旁边跟人闲聊，不时把手弯到后背上挠痒。你不要让他沾上杆子，沾上就"一杆清"。那会儿没有斯诺克大师赛，如果有，这个凳子倒是一个奇才，说不定还能为国争光呢！也不至于让人扎一刀，死于非命。那年夏天打这种康乐棋产生了不少纠纷，但是死人只死了凳子一个。"严打"之后没什么人玩这个了，再后来桌球上场了，谁还玩这个呢？现在大部分人连康乐棋长什么样也不知道了。

那一年立过秋以后，前进巷有几个孩子晚上出去跟人打架。各人都揣了家伙。结果约架的人没来，他们走到这里，看许多人打康乐棋便过来玩。其中一个大孩子看凳子玩得好，不服气，要跟凳子打。说好谁输就给对方五元钱，那个孩子玩了七盘，全部输给凳子，急了眼，找各种理由为自己找台阶，一会儿说凳子的手碰到杆子了，一会儿说凳子划拉到棋子了。凳子笑笑说："你自己放，你看搁哪里好，我就从哪里打，不能一杆进洞，我跟你姓可好？玩不起不要玩！赌奸赌滑不赌赖，这句话你没听过？"

这个孩子怒气攻心，掏出刀子攘了凳子一刀。等凳子他爸他妈赶来的时候，凳子已经快不行了，一喘气肚子就往外喷血。他便这样躺在他妈怀里走了。杀人的孩子后来也抓住了，因为没有到法定年龄，送少管所去了。秦大伯他们一家决定搬离这里，因为出来进去，在街角都能看到跟凳子差不多大的孩子在打康乐棋，从下午一直打到半夜，他们的欢笑与追逐让秦大伯看了觉得伤心。

　　搬家的时候，秦大伯问我爸："你看看这个小板凳要不要？"我爸问他："你们不带到新家去了？""不带了。"于是这把椅子在我们家一直用到现在。秦大伯搬走后我们两家还有联系，逢年过节打个电话问候一下，小绒后来随老公移民到瑞典去了。就在十年前秦大伯去世了，过了没两年，秦大伯的爱人也走了。关于这个家庭的印记，只剩下我家里还在用的这把小椅子。前几天厚之兄帮我打听了山里一个木匠，说是能修。我准备今年到舒城买茶的时候带过去，看看能不能修一下。

丑

　　我觉得风衣是一种很不适合亚洲人穿的衣服。电影、电视里不算，总之我在街上没有看到过一个穿风衣好看的人。但就是这种衣服曾经风靡一时，始作俑者有两个人：一个是日本的高仓健，一个是中国香港的周润发。国门初开，日本影片《追捕》引进到中国，电影里面有两个人物：一个叫矢村警长，一个是高仓健饰演的杜丘，这两个人都喜欢穿风衣。矢村警长还非常"杀马特"地把风衣的领子竖起来。高仓健在日本的电影界是出了名的身高腿长，后来在《远山的呼唤》中女主角来了一家亲戚，亲戚的女朋友犯花痴，她看高仓健铲牛粪感叹他的腿真长，还惹得她的男朋友生了一场气。可见风衣这种衣服要想穿得好，非得身高腿长不可。一米八以下的最好不要考虑了。

　　这一点我有非常沉痛的体会。有一年，我爸他们单位年终的福利是：不管男女，一人一身风衣，米色的。他们穿起来给我的印象是像一窝出没于厨房里的潮虫。这种虫子又叫"鼠负""鼠姑""地虱"，它的形状是椭圆形或长椭圆形的，平扁，背部稍隆，有触角，腿很短。它移动起来以后，基本上看不到腿。冬天天冷，许多男的又选择加装一顶蓝色的鸭舌帽。这种搭配一直流行了有五六年，乡镇企业的采购员或者搞推销的出门，就是这身打扮。我有个画友有一回骑了一辆小轮的摩托车来我家玩，就穿了这样一件长风衣。他本来个子就不高，一米六多一点，风衣下摆放下来，就看不见脚了。他走路上身又不大动，晚上看到他，十分令人惊悚。

他坐到车上，风衣下摆搭下来完全把车罩得看不见了。他发动车子只看到从风衣的下摆冒出一股青烟，然后就这样端坐着飞走了。后来《哈利·波特》流行，我想如果在他的前面插上一柄扫帚，街上的人肯定以为他是魔法学校的第一届毕业生。

因为大家都穿风衣，我就跟我爸歪缠把他那件风衣要过来。有一天街上秋风乍起，连路上的鸡和狗都吹得翻起毛来。一只塑料袋被风吹到天上，像一只白鸟一样飞过树顶。"二毛杂货店"摆的一只空箱子也被风吹得立脚不住，踉跄着跑到马路另一边去了。二毛斜着身子在风中把箱子撂了回来。我暗想穿风衣的时候来了——风衣风衣，没有风，它的神韵怎么出得来？

意大利有位伟大的雕塑家，在一个大风天上街追踪一位穿着长袍的黑衣修女。忽然，他看到一个男的也鬼头鬼脑地跟在修女的后面偷窥。他紧赶几步，将其肩膀一扳，举拳刚想打，一看原来是个同行。原来这位仁兄也是被修女所吸引，跟在后面追了几条街正在观察。

我翻出一件灰色的西服，打上领带，然后拿出那件风衣望空一甩披挂上阵了。小马哥就是这样穿衣服。

我有一个发小阿伟有次跟人干仗，也穿着件黑衣的风衣去了。结果在打起来的时候，对方收拾得紧趁利落，蓝色的海军机修夹克，下面黄军裤的裤脚都用绳子扎上了，只有他自带道具上场，被人家拿铁锹和钢管撵得满街鼠窜。后来其他人跑到一个死胡同里去，胡同被一堵矮墙给堵住了。人家两手一撑就过去了，他穿着一件风衣最后一个跑到，刚翻到半截，衣服下摆被矮墙上什么东西给挂住了。就这样他无奈地挂在墙上让对方打了一个够。好在也没有什么深仇大恨，对方也不敢弄死他。后来我们到医院看他，他趴在床上，后背一片青紫，哼哼唧唧地说："吃亏就吃亏在那件风衣上了，等好了弄死那帮家伙！"李华宝说："人家小马哥穿风衣可人家有枪呀！你才半截钢筋头子，哪能不吃亏？"赵胜利说："有枪也不行，那衣服太碍事了！"

我穿着风衣走了没多远，一个姑娘走过来，她穿着一件黑色的大衣，两手插在口袋里，摇摇晃晃走过来。我一看是赵胜利的妹妹，叫赵凯旋。他们家里喊她就一个字叫"旋"——她追了我有两年多，有事没事爱跟我说些疯话，我只好装糊涂。我跟赵胜利是好哥们儿，跟他这个小时候拖着两个大鼻涕泡子的妹妹谈恋爱，连想都没有想过。她在我的印象中老是袖口稀脏，脏得发亮。因为她擦鼻涕总是用两个袖口一抹。赵胜利一出门她就跟在后面，不远不近地跟着。赵胜利回过头对她瞪着眼珠子说："回家去——等会儿妈问我到哪儿去了，你跟她说我上宝宝家做作业去了。"

院子里的女孩子都不喜欢跟凯旋一块玩，嫌她脏。她也不爱跟她们玩，跳皮筋、跳房子、玩猪骨头有什么意思？她喜欢跟男孩子在一起爬树、打架、斗鸡、打老龟，干偷鸡摸狗的坏事，比如翻墙偷王五一家的柿子。她哥在里面摘完了往后扔，她就在外面撅着屁股到处拾。有一回，她哥跟李华宝摔跤被李华宝压在下面，怎么挣都挣不起来。李华宝骑在赵胜利的肚子上，用手掐着他脖子问他："服不服？"赵凯旋不知道从哪里摸来一根老粗的树杈子，照着李华宝的脑袋敲下去，一下子就把他干翻在地。总之，我觉得我跟她不合适，见她我有点发怵。她晃到我眼前，我问她："凯旋出去啊？"她上下打量了我一眼，说："丑！"

后来我看杜拉斯的《情人》里写道："我已经老了，有一天，在一处公共场所的大厅里，有一个男人向我走来。他主动介绍自己，他对我说：'我认识你，永远记得你。那时候，你还很年轻，人人都说你美，现在，我是特为来告诉你，对我来说，我觉得现在的你比年轻的时候更美。那时你是年轻女人，与你那时的面貌相比，我更爱你现在备受摧残的面容。'"现在到了秋天刮大风的时候，我常常想到赵凯旋一步三摇的样子，她走到我身边只不过想告诉我一个字，那就是"丑！"——这也是我至今非常抗拒风衣的原因。

第四辑 · 猪油拌饭

油渣在锅里碰碰挤挤，
时分时合，
空气中都是猪油的香味，
这种香味闻了
使人幸福得有点发晕。

不要乱捏

　　老沈在庙里画佛像，遇上一点技术上的难题：裱好的画出现了空鼓。装轴头的时候发现了问题，他打电话给我，让我请二师兄去一趟，看看怎么解决。我把情况跟二师兄说了一下，他说问题出在材料上，秋天湿度小，绢与纸的伸缩度没有匹配好，老沈应该在房间里放个加湿机。我说："现在都已经做好了，说这些已经没用了。你赶紧想办法补救一下。"他说："你让他们下山去买几根注射用的针管，去了给画打针。"

　　抽了一个休息天，我跟二师兄去山上帮画"打针"。我看见老沈弯着腰，像曲尺一样出来。我问他："你是怎么了？"他说："最近赶这批画，腰肌劳损，疼得要命——""给你多少钱？这么拼命。""给佛家做功德，怎么老说钱的事情。俗！真俗！""你不说实话，马上我们走了。""有一点，有一点。一百来万吧！几个人分呢，到我手也没多少。"我看看他说："你这样可行啊？下山找个医生看看吧，要钱不要命。"他说："没事！我通过关系，找了一个老中医，今天下午就到山上来帮我捏一捏。他在电话里说捏两次就没事了，最多三次。我去给你泡茶——"我说："我自己来，你歇着吧！"

老沈画画的地方在原来一个"禅修"的楼中，旁边是庙里的一个钟楼。吃饭的斋堂离这儿也不远，门口横着吊了一个大鲤鱼的木雕。我问："这个是干吗的？"老沈说："听到敲木鲤鱼拿碗去吃饭，中午咱们就吃个斋饭。我让人多准备几个素斋，晚上弄点酒，你看可使得？"我说："使不得！佛门净地，吃肉喝酒，人家不有意见？""咱是俗家人，又没皈依，不怕！回头我下午让人去镇上斩点卤菜，这个地方的卤鹅比鲁提辖吃的那只味道还好呢，你一定要尝尝。"

上午我们"注射"了十几张画，然后重新上墙整平。中午听到梆子响，老沈弯着腰过来说："东西撂下，方丈请你们上去吃饭。"我们到了斋堂门口，穿一件明黄色僧袍的界玄法师已经候在门口，施完礼又握手。界玄法师说："劳烦你们这些专家实在不好意思。山上没有啥好吃的，也就只有豆制品上翻翻花样，请入座！"说完他在前面引导着入座，"上客堂"素斋已经摆好。十几个菜，清炒苦瓜、油焖茄子、素炒茭白、凉拌西红柿，还有素鸡、素鱼。方丈低头念经，我们也不好先动手，都低着头等他念完。旁边一个小沙弥给大家盛饭，方丈说："我们就吃饭了——实在是不成敬意。"他看我趴在桌子上吃饭，说："施主你这样吃饭不好，应该端起来——"我说："烫手，端不住。"他小声地说："吃饭嘛，还是要耐得起烫手的！"我说："谢谢师父！"听话地把碗端起来。庙里吃饭规矩大，方丈一样一样教。如果要添饭，碗筷怎么放；不要添饭，碗筷怎么放。他说有些戒规森严的庙里，做得不对，值日的会一板子打过来。我说："雷公都不打吃饭人，这是我奶奶说的。"

吃完饭，桌子上还剩了许多菜和汤，他吩咐小沙弥把这个收起来放冰箱里，晚上他还要吃。随后，他对面施了一礼，说要到山门那里的值班室看看，没有扫"安康码"的一律不许上山，另外还要接待政协的来检查。有一个殿还在装修，工人师傅反映伙食不好，他要去跟厨房说一下，让适当吃些荤。这些人是做活路的，不吃荤不能做事情，不像我们天天打坐念经，体力上损耗不大。他解嘲说："出了家才知道事情更多了，每天一睁眼，七事八事忙到天黑。"又掏出手机打电话给管禅房的人说："来了两个专家，你收拾两间禅房，他们晚上可能在山上住。"我们摆手说："你忙你的——活干完我们就下山了。"老沈插嘴说："收拾三间，下午有个老中医要来帮我捏骨，给他准备一间。"方丈又吩咐说："准备三间。""你们晚上吃饭还吃素斋，还是去山下吃？"老沈说："山下，很长时间哥几个没在一起了，喝一杯！"方丈说："善哉！善哉！"

下午三点多钟的时候，老中医上山了，六十多岁的样子。他喜欢书画，原来是老沈的粉丝，家里收藏了不少老沈的书画，所以他一接到老沈电话就来了。这个人一看就是个"练家子"，手指的骨节突出，每个关节上还有浓重的汗毛；穿着一件米白色的唐装，绣一条五爪金龙从肩部倒挂下来，龙头当胸盘住，吹胡子瞪眼；青色的束脚裤，紧凑利落；皂色丝袜，真皮的圆口鞋。老沈给我们介绍说是姓林，祖传五代正骨名手。他伸出手跟我一握，如同把手卡在老虎钳里。我忙不迭直甩手，不由得赞道："林师傅真有一把好力气！"他掏出一根象牙烟嘴，把烟装上说："捏骨、正骨没有力气还行？就我这个岁数，石锁、石担还能耍起来。他们年轻人都盘不起来，什么'朝天一炷香''苏秦背剑'，耍起来跟玩似的。"

客气完了，林师傅问老沈："说说你情况！""这半年在山上画画，天天弯着腰。这几天感觉不得劲，又酸又胀的。他们让我上医院去看，我就想到你了。放着现成专家不请教，上什么医院啊，等会儿检查半天说不定还挨一刀！"老林听了欢喜，把一对"熊掌"拍到一起，说："你这个都是小毛病，趴倒，我给你检查一下。"老沈说着"好——好——"就趴倒在床上，上衣褪到后脖颈儿。林师傅从上到下轻轻捏了一遍说："没什么大碍，捏那么两三天就活泼如猴了。"说完把手对着搓了一会儿说："起初可能有点疼，你忍着点。这个是血脉不通，我们中医讲通则不痛。这个地方为什么不舒服呢？就是有个地方血脉不通了。我给你打通了，你自然就好了。"还没捏几下，老沈呻吟着说："舒服！太舒服了！"表情有一种欲仙欲死的样子，让人没眼瞧。他断断续续地说："林师傅——林师傅——你这个手是宝哎——这里——

哎——疼疼——轻点。"林师傅说:"你先忍着点。好——我们轻一点。"

捏了有一个来小时,林师傅说:"你现在下来走走,看看可好点?"老沈从床上下来走了几步说:"好多了!哎呀!全身舒坦,老高你也让林师傅捏一捏。"我笑着摆摆手说:"没毛病捏啥?"林师傅说:"那我给你搭个脉。"我把手伸给他,他搭完左手搭右手,闭着眼睛,连别人给他递烟也不接,睡着了一样,过了一刻钟时间说:"都是好的!偶尔肠胃有点不调对不对?"我说:"是的,林师傅真厉害。"林师傅:"脉象上都表现出来了,中医这个脉象比你做胃镜还准。你以前做过胃镜没有?"我说:"做过的,难受得要死。""医生怎么说?""医生说有浅表性胃炎。""胃的事情要养,三分治七分养,急不得。平常要吃点山药、小米什么的养养胃气。酒要少喝。"我说:"现在已经不喝酒了。"老沈急了眼,他说:"到我这儿不喝酒怎么行?我这儿还有两瓶五粮液。晚上我们陪林师傅好好喝一杯,大老远跑来给我看病。我让人去山下买卤菜了!""就在这儿喝?"老沈说:"没事,他们那些搞装修的也吃荤菜,方丈也没说什么。"

晚上老沈从斋堂打了一份烧茄子和炒茭白。下山买卤菜的人回来,买了七八样都用泡沫盒子装着,有卤牛肉、卤猪耳朵、白切鸡、盐水鹅。他开了一瓶五粮液。二师兄客气了一会儿,也把杯子端在手里,问:"这个地方喝酒没事吧?"老沈说:"没事!我一个人在山上画画经常喝,济公和尚还喝酒吃肉呢。你没听过

'酒肉穿肠过，佛祖心中留'这个话？""那就喝吧。"我说："我要开车！林师傅我先吃饭了。"我盛了一碗饭端在手里，老沈倒过筷子给我夹卤牛肉，我躲也没躲掉，悄悄地放在碗边上，然后夹了许多茄子盖在饭上。老沈劝夹菜，我对他说："你看都是菜！你们喝，你们喝。"

吃完饭，我悄悄溜到钟楼附近散步，一个僧人跪在大钟前面正在念经，前面是两根蜡烛的红黄的光影。钟声一响，栖在钟楼附近林子中的鸟都飞了起来，要飞很久才会落下来。我突然觉得非常忧伤，不知道是那个僧人单调重复的念经声音，还是悠悠的钟声的缘故。我觉得我要立刻回到红尘中才能心安，远处的城市在地平线上散发出微光，脚下踩到的干枯落叶的脆响，也使人觉得身后似乎有什么人跟随着。我回到禅房对老沈说："我得回去！"他说："是不是想老婆了？"我说："正是。""你能叫得开山门你就回，疫情期间他不会给你开门的。"我说："我叫叫看。"赶紧发动车子，顺着盘山公路开下来。看山门的老师傅已经睡了，我叫了好久，他才嘟着嘴拿出一串钥匙给我开门。他问我在山上干什么的，这么晚还出去？我说方丈找我有点事情，现在忙完了要回去。开了有半个小时，回到市区的路灯下，我觉得松了一口气，到底还是红尘中人。

第二天，我听二师兄说老沈的腰椎骨让林师傅给捏脱了。他描述了当时的场景：晚上喝完酒，林师傅又要给他捏。他觉得过意不去就送了他两条烟。林师傅给他开了加力挡，只听得一声惨叫，声振林樾，把夜晚的小动物都吓得乱窜。念经的和尚侧耳听了半天，也不好过来看。界玄法师也听到了，他低着头念道："阿弥陀佛！善哉！善哉！"第二天，天麻麻亮，界玄法师到禅房来看看到底是怎么一回事。他双手合十念道："阿弥陀佛，不能乱捏！去看看医生吧！"老沈就这样半躺着被人拉到医院去了。前几天他开完刀，我到医院去看他。他像个木乃伊一样一动不动，嘴还是犀利得要命！他说："老高你知道我为什么会被捏脱？""为什么？""那天应该听你的，不应该吃肉。报应啊报应！菩萨显灵了——"我说："你应该去看医生的，哪有不拍片子就捏的！这个林师傅也是乱搞。""不怪林师傅，人家也是好心好意的。就是报应呀，报应呀——"

山中两日

每年意杨发出新叶的时候，老黄就开始准备到滑水河买茶叶了。这是他个人的盛大节日。他开始清点带给小东子家的礼物，有酸奶、香烟、各种糕点和单位里发的工作服。今年春天来得比较早，过完年以后有一阵子暴热，气温升到二三十摄氏度。他对我说："今年买茶叶的时间可能要提前。"上周四晚上，他打电话给我说："小东子说茶叶收得差不多了，我们周五就可以去了。你打算买多少斤茶叶？"我说："七八斤差不多了，因为现在家里喝茶的量少了。我平常都是喝白开水，买一些送送外地的朋友。"

原来我爸喝茶比较厉害，一年自己就要六七斤茶，还要买几斤送我叔叔，加在一起要十几斤。不过，近几年明显喝少了，过去一天三泡，早晨起来吃完早饭泡一杯茶，下午重新泡一杯，晚上还要泡一杯，从来也没有什么喝了茶晚上睡不着的事情。这几年随着年龄增加，喝茶的量明显减少下来。偶尔夜里喝一次茶就会睡不好，一天头都晕晕的。一个医生朋友也说要减少饮茶量，实在喝白开水不习惯，可以放点红枣或者枸杞什么的。我说我爸眼睛不太好，他说那放点决明子吧。还是一天三泡，但改成红枣、枸杞、决明子茶了。茶叶的消耗量一下子降了下来，现在一年有一斤就够了，有一半还是家里来客人用掉的。

我爸喝茶只喝绿茶，我曾经尝试让他喝喝红茶、普洱，或者大红袍。他喝一口说："这什么味儿？不好喝。""你尝试尝试。""不干！"刚泡好的茶立刻倒掉。喝绿茶喜欢舒城的"小兰花"。年轻的时候他们部队在六安，部队里面有个茶场。许多战士当了三年兵除了枪没摸过，农村里犁田、耙地、抛粮、撒种全学会了，有一个班专门喂牛犁田，叫"耕牛班"。茶季一到，不管干部、战士全部上山采茶，采完了交到场部。场部有专门炒茶的师傅，夜里灯火通明炒茶。采下来的新叶不能久放，久放会萎掉，茶叶的品质随之直线下降，卖不出好价钱了。我爸喝茶的习惯，就是在这个农场养成的。他说白天忙了一天刚睡下，夜里又敲锣打鼓说新的主席指示到了，起来学习，学习完了表决心，表完决心打着火把在山里游行一趟。每个人张着大嘴喊口号，把树上睡觉的鸟惊得到处飞。第二天还要上山采茶实在打不起精神，有个连长就说："搞点茶喝喝，提提神！"

我跟老黄每年买茶叶的地方在舒城滑水河，那是从五显镇过去四五公里的一个小村。五显过去是山里一个大镇，镇上有个十字形的交叉点，往西北方向走到毛坦厂镇，就是中国著名的"高考工厂"；往东到合肥；南边是万佛湖；往西一路到岳西翠兰的主产地石关、主薄一带。滑水河是一条南北流向的河，上游大概是在晓天那一带。从那个地方开始就进入大别山腹地了，山比较高，大多数山峰海拔都在七八百米，有些要到一千米。

山越高，茶叶采摘时间就越晚。品质比较高的茶叶有时甚至要晚到五月初，这个时候山下已经是初夏季节了。好的茶叶除了对海拔有要求之外，对光照也有很苛刻的条件，比如说阴山茶就比阳山茶好，因为它的生长期更长，茶叶的香味得到更多的保存，香气的持久度也更长，再加上山高林密采摘难度更大，相应的价格也更高。安徽产茶的地点主要集中在皖南和皖西，皖南茶叶制作工艺较皖西茶精细，茶叶的条形整理和汤色也较皖西茶好看。不过皖西茶有一个特点是皖南茶所没有的，那就是特别耐冲泡。喝上四五遍，茶味仍然很浓，因此皖西茶为老茶客所喜爱，价格上也较皖南茶要低一点。

皖西茶的价格主要决定于人工成本。这边山上不像江浙那边有整齐的茶田。江浙的茶树都被精心修理过，小男孩圆滚滚的脑袋一样，横看成列，竖看成行。这种茶田也便于机械化采摘。舒城山里的许多茶树是长在树林和石缝当中的，东一棵西一棵，采茶要在山上到处跑。在山上的叫"茶草"，等上锅杀青炒制成形，然后拉完"老火"才是茶叶。谷雨前的茶叶刚发出来，一芽两叶，很熟练的采茶人一天能采个四五斤就不得了！我问东子，他说这个量差不多也就能炒出一斤茶。

我们每年买茶叶，都住在老黄的朋友东子家里。他家的房子盖在山半腰上，滑水河从门口流过。这条河水很浅，白天黑夜都哗哗地响着。水底的石子历历可数，屋后是一大片竹林。现在砍毛竹的人少了，竹子反而长得不好。没有办法更新，竹林显得有点凋黄的样子。东子跟我们说，现在一棵竹子砍倒拖下山，才卖个五块钱左右，村里人都不愿意上山砍竹子。他提了一柄像鹤嘴似的锄头上山，没一会儿就砍了一堆笋子下来，说："等会儿腊肉烧笋子！"

　　东子原来是篾匠，手艺很好，家里烘茶的茶篓子就是他自己编的，过去没有空调的时候他编席子卖。舒城这个地方席子很有名，过去是舒城外贸出口的支柱产品。我家以前就有一床竹席，花了我爸差不多一个月的工资。我问东子一床席子大概要编多少时间，他说差不多要一个月。这床席子被我们用得像古董一样，上面有一层红油油的"包浆"。盛夏的傍晚，先用热水把席子擦一遍，往上面一躺，用"沁人心脾"形容好像也不为过。有了空调以后，这个席子就不知道被我们放到哪里去了。东子说现在早就没人用席子了，镇上有几个厂生产"麻将席"。"麻将席"我用过很不喜欢，夏天睡一觉起来，后背被印上许多方形的印子，像"龟丞相"似的。

　　东子不做篾匠以后，到苏州打工，现在在一家万科地产公司做精装房的售后服务。精装房里瓷砖哪里铺得不好，或者水电有什么问题，他要上门给人修。他家房子装修是他跟他妹婿两个人干的，瓷砖的缝都贴得非常规整。我问他在那边干，一个月给多少钱，他说七八千块钱吧。

他家一年能采十几斤茶叶，忙不过来就只好眼睁睁看它们长大了成了"草"，当地对茶叶有句俗语叫"三天前是宝，三天后是草"。现在上山采茶主要是他老父亲和他叔叔，东子父亲今年七十七岁，有腰椎间盘突出的毛病，腰快弯到与地面形成九十度直角，一天到晚忙着，除了吃饭、睡觉，就是干活。他干活的时候嘴里叼着根烟，一边咳着一边不停下手里活计，晚上收工回来要把农具都擦净了按顺序放在农具房里，锄头、砍刀、钉耙、鹤嘴锄都磨得雪亮，农具柄也磨得油光水滑。他吃完饭看一会儿电视便睡了，早上天麻麻亮又去下地。在东子家里，我除了中饭和晚饭的时候能看到他父亲，平常他父亲都是在地里或者山上忙着。东子有个叔叔跟他们一起生活，这个叔叔智力上有点问题，见到人呵呵笑，说话听不清楚他说什么。天黑的时候他从山上下来，兜子里装满了新采的茶叶。我对他竖大拇指夸他很能干，他又呵呵笑，捧出一把茶叶让我闻，一股兰花的香气！晚上吃饭的时候东子的爸爸和叔叔都不上席，拉也拉不上来，夹一点菜坐在门口吃。山里的天说黑就黑下来。林子里有什么鸟在嘀嘀地叫，我问老黄什么鸟，他说是灰褐色的，不会飞，春天里求偶时就会发出这种叫声。晚上我们吃完晚饭，东子说还要把今天他叔叔在山上摘的茶叶炒出来。他到灶间炒茶的时候，我站在旁边跟他聊天。他说："哎呀！茶叶就是点工夫钱，现在年轻人都不愿意干了。如果不是你们托我收茶，我也不会回来的——昨天晚上只睡了三个小时。"我看看他眼里全是血丝。我问他："今天晚上要炒到几点？"他看了看茶筛上的茶叶说："今晚少点，估计要到两点钟左右。"夜里我醒过来，听到东子还在灶屋里炒茶，竹林里的鸟又叫起来。风吹着竹林沙沙响，像下雨一样。

　　早晨起来对面的山上起了雾气，山头都笼罩在白云中。东子爱人把择下来的菜叶散给鸡吃，她问我："到街上吃，还是在家吃？"我说："上街吃点面条，你别忙了。"我问她："你在街上店生意怎么样？"东子爱人在五显镇上开了一家裁缝店，做床上用品和窗帘。她说："不怎么样，现在年轻人都到外地打工去了。老年人用这个东西少。""儿子去年谈的女朋友怎么样了？""歇得了（当地话不行了的意思）。""怎么搞的呢？""我们两家都嫌对方家太远了，女孩子家住在中国地图'公鸡头'那个地方。""漠河？"我问道。她说："哎哟——我也记不得，好像就是这个地方。我都急死得了，跟我差不多大的都当奶奶了，他还在那里晃荡。怎么搞哦？今年二十九了，明年三十了！"我安慰她说："这个急不得，要看缘分吧。"她看着远处白云说："差不多就行嘞——这个岁数一年一年大了，以后他有小孩我们都带不动了。"

　　东子从镇上回来，他说："今天没有鳜鱼买，我们买了点黄格丁和黄颡鱼，要买肉老黄说吃不动了。买了上市的苋菜，你猜猜多少钱一斤？""五块钱一斤？""八块！""太贵了！"
上午茶叶倒出来装袋，要拣去漂叶和茶棍，老黄坐在一边称重
封袋口。老黄问他："你跟儿子都在苏州，平时可聚聚？"他说："不
聚，他在华为上班，忙得不得了！一年到头就是过春节回家见
一面，去年疫情时间被耽误了。从家回去加了两天两夜的班——
累了办公室摊开被子就睡一小会儿，起来接着干。""工资还
好吧？""还好——拿命挣钱呗！一年三十多万，现在辞了到阿
里去了，在上海。有双休，工资比那边还高点。""有没有考
虑到上海买房？""我的妈嘞，想也不敢想！我跟他妈也不是
年轻，还能累？真干不动了。在上海买房压力多大啊，我的想
法还是想他回来。在合肥房子也给他买了，找个人结婚我们也
去了一头心事。他一个女同学在大学当老师，人家姑娘也愿意，
她妈妈都催我好几回了，要我们给回个准话，这一年一年的都
大了。"东子说："现在这个年轻人我都想不通，就是总统也
不能忙得不结婚啊！我们这附近在外头工作的都三十多不结婚，
男的女的好多。"我说："婚姻观念不同了。"东子说："那也是，
过去我们农村讲结婚找对象，就一个标准：能干、孝敬老人就
行了。两个人在一块忙生活，多少事情呀！"他扳着手指头说：
"你看要盖房子，挑地基，我们这个山里想整出一块平地盖房子，
都要拿炸药炸，然后供他们上学，打工挣钱在城里给他们买房子。
眼一睁忙到黑，等到觉得累了，又到他们该结婚的时候了——人
一辈子不就这么回事？"我说："现在年轻人压力也大，为活

着也要使出全身力气，有些事情强求不来的——也许自己想明白了就结了。"我对茶叶毛过敏，装茶叶的时候茶叶毛钻到鼻子里，打喷嚏打得要死，连眼泪都要流出来了。我说："不行了！我得躺平了——"等我醒来，老黄跟东子把近二百斤茶叶都装好了。东子拎着铁锹去给老黄上山挖杜鹃花去了，他家原来有一棵杜鹃年年开花，小区改造的时候给人拽断了。晚上吃完晚饭，东子爱人给我们做蒿子粑粑。这里的蒿子粑粑跟桐城的做法不太一样，桐城是用鼠曲草做，这里是用一种菊科植物做；用米面和腊肉掺在一起揉在一起搓成饼状，在灶下用小火慢慢烤制而成，吃的时候还要重新烤一遍，带有一种菊科植物的清香。晚上临睡的时候，东子到我们房间聊了一会儿天。他说："我估计以后人怕是不喝茶了，我儿子就不喝茶，喝白开水。上次过春节回来，我给他带半斤茶叶，我有一次打电话问他喝了没有，他说没有动。""年轻人现在喜欢喝咖啡。""那个东西是有钱佬喝的，我喝过觉得也不好喝。"我问东子什么时候回苏州。他说："你们走了，我把房顶漏水的地方修一下就回苏州了。"老黄说："等到我退休了就没有人搞茶了，现在单位年轻人喝茶的少。""他们喜欢喝什么？""各种饮料啊！"

夜里三点来钟的时候下起了雨，屋后的小溪哗啦哗啦淌了一夜。早晨东子父亲在外面跟我们告别。天下雨他不能去地里，只好坐在屋檐下扎竹扫把，做多了就堆放在北边的农具房里，有人上门来收，一把七八块钱。他慢慢起身说："那明年见了，有空的时候上来玩呀！"我们跟他挥手说："这两天打扰了！老人家保重身体呀，不要太累。""不累——不干活在家着急哦。"车开过小桥，东子家的房子和山都消失在雨雾当中。空气当中有柴草的香味。

药师殿

平坦寺出来有一条小路，是一个上山的和尚踩出来的。通过山坡上的茶园往上延伸。我在经过茶园时捡到一根树棍子，就拄着往山上爬，起初的一两公里爬得很辛苦，慢慢适应了就好了。半山腰有许多竹子，干净得像每天有人擦拭似的，每一片叶子都迎着风的方向发出沙沙的响声。竹林中间有一块宽广的红色巨石形成的平台，我在平台上盘腿坐下来。从水壶里倒了一杯红茶，一边喝茶一边欣赏山下的风景。平坦寺的屋顶在太阳下闪闪发光，似乎浇了一层油似的。目力极处是一片空蒙蒙的蓝色，古人说这是山里的岚气。这条小径上的杜鹃花很多，都打了花苞，花苞上有一层银色的茸毛，像一支一支的小楷笔指向空中。

因为前几天下了一场大雪，阳坡的雪已经化了，但阴处太阳不怎么能照到的地方，雪和冰把树木都封在下面。偶尔能听到水流汩汩的流动声。水在冰下疾速地流动着，一缕追赶着另外一缕，向低处流去。我用脚踩了一下竟然踩不动。有一只松鼠下到路中间，它竖起两只耳朵紧张地四处看。松鼠一生都是这么紧张吗？我从来没有看见过一只松鼠放松的样子。有一次我在山里拾到一只松鼠，它好像被什么动物给咬伤了，肚子上有一个小洞，里面渗出血来。我拿出创可贴给它裹上，它回过头来在我手上咬了一口，然后飞快地跳到树上去了。等上了树才和我对视了一眼，然后就一蹿两蹿不见影子了。这只松鼠把两只爪子端在胸口，我拿出一点吃的东西扔给它。这让它吃了一惊，翻身跳到离它最近的一根枝条上，把枝上的一只大喜鹊给吓了一跳。它马上蹬开树枝飞走了，撒了我一脸的雪。

为什么要到药师殿来？我自己也说不清。反正就觉得需要来一趟。每个月我给我爸到医院拿药的时候，都怀着这样一种心情：但愿这个月没事，能熬到下个月。这样一个月一个月连起来又是一年。跟主治医生聊的时候，我们俩态度都很放松，那个医生说老爷子身体算是不错的，我们还未必能活到这么大呢！我跟他说，我怕什么呢？主要是怕老人家受罪，如果有什么镇痛的药，你可不可以提前给我开一点。他说，这个不行，镇痛麻醉类药物现在管得很紧，等到出现状况的时候再说吧。也许年龄大了反应会小一点——

"那现在还有什么好办法？""好像可以用的药只有两种了，副作用相当大。这个年龄能不能受得了很难说的，后续的治疗经济上也是一个问题，你要考虑一下吧！"我说："只要能减少痛苦，我尽自己的能力吧！"从医院出来站在马路边，我觉得很抑郁，一个假和尚过来对着我深施一礼，他说："阿弥陀佛！给你算个命。"医院附近的假和尚和假尼姑很多，他们大多数穿着油渍麻花的僧袍，看到愁容满面的人就上去搭讪，或者让你抽签或者给你算命。人在没有办法的时候才会想到神、菩萨、耶稣。除了这些假和尚、假尼姑，还有一个瘦瘦的中年女性，天天站在马路边高声朗诵《圣经》，她不拉人也不给人塞小传单，偶尔有几个人围在旁边听一会儿就散了。有一次我坐地铁时看到她，她望着窗外眼神很祥和，脸上洋溢着一种喜乐。

我对这个假和尚摆摆手就穿过马路。穿过马路以后，我看着他摇摇摆摆又去兜搭其他人，觉得他身上还有一些仙风道骨呢。这时我忽然想到莲花峰上的药师殿去拜一拜，就打了一个电话给住在山下的一个朋友，他说："你来吧！这几天冬笋也下来了，我们可以烧雪菜冬笋吃。药师殿的当家师父可能下山去了，上面太冷了。你有什么事吗？"我说："有点事，心里不太静——拜拜管用吗？""临时抱佛脚就说的是你这样的人，呵呵。"

上山的路有好几条，有的地方冰像玻璃一样滑。土被冻开裂了。台阶大概有一两千级，走完了就是沙土路。我觉得走沙土路反而舒服一点，老是机械地走台阶觉得膝盖疼。穿越一个大壑时，沿着山坡都是茶园。南面正对着一个风口，风夹杂着雪扑面而来。隐约听到山顶上佛殿屋檐下铁马的声音。山上的树都长得不高，根在岩石上曲里拐弯地寻找泥土，有个缝隙就钻进去。枝条向有阳光的一侧伸展，山谷里吹上来的暖湿气流，在枝条上凝结成水滴以后，马上被冻住，形成好看的树挂，像开满了银色的花。越往高处越多，我环顾四周，仿佛置身于一个琉璃世界中。

　　远远地已经能看到药师殿的正门了，是用红色砂岩垒成的。我停下休息了一会儿，喝了点水。早晨在超市买了许多饼干和面包，但是看着没有胃口。快走到正门的时候发现一个小水池，水池的水极清。一个竹勺子斜放在一个架子上，上面有个小木牌。木牌上写道："饮此水诸病患消散！"那就喝几口吧！进了院子，一个僧人肩上搭着一床被子，正准备摊在屋外的绳子上晒，他没想到这个季节还有人上山，就举手对我施一礼，我也对他施一礼。接着他问我："吃饭了没有？"我说："没吃呢，刚才吃了点面包。""我这里也没别的吃的，给你弄个青菜面吧？"我说："非常感谢！我去大殿上炷香。"他说："你去吧——还有几床被子要晒，山里潮气大，不晒晚上没法睡。"

　　我到大殿礼完佛，出来师父已经把茶泡好了，放在院中的石桌上。"茶不好，我自己在锅里炒的，但我们门口的水好。就是一般茶叶用这个水泡出来都好喝。"我问他："大殿里怎么不弄个功德箱？有个二维码，这样方便人捐点善款。"他挠挠头说："我不弄这个。""下次来我带点香油。""香油庙里也有很多，我一个人吃不了多少油。谢谢你！"他陪我坐了一会儿，我问他这个庙是哪一年建的。他说："也不是很老，清中期修的。""这个建筑材料弄上来不容易。""不容易！听以前的师父说都是一点一点背上来，背了好多年才修成这样的。""庙里通电吗？""现在有电了，可电视信号不好。听听收音机还行，我晚上念一会儿经就睡了，有电没电倒也无所谓。下面还有几间房子，你如果在这里住，我把屋子收拾出来。"

"师父你抽烟吗？""抽一支也行，我的烟早抽没了。下大雪我也懒得下山去买。"一院子的好阳光，冰被晒得融化了，有轻微的滴水声。"平常就你一个人在山上？""还有一个师父，天冷他下山去了。你先坐会儿，我去看看菜地里的菜还有没有，峰顶一群猴子经常下来偷我的菜。这些东西精得要死，我用塑料布扣上都不行。它们把塑料布挠个洞，从这个洞里面往外掏。"他很小心地把塑料布揭开，弄了一小把青菜举着对我说："你运气不错呀！还弄了一把。"这句话让我很开心，我说："我来帮你烧火。"他说："不要，我中午把早上吃剩的粥热一热就行了。"师父给我下了一大碗青菜面，然后他端出两碟豆腐乳和腌萝卜干，说："实在没什么好东西，如果你前些天来，还有一些土豆和芹菜。""你一般多长时间下一次山？""一个月左右吧，没事我不太想下去。来回一趟要四五个小时。""那够快的了，我从早上爬到中午才到。""不错了！有的人还要爬一天呢，在山上的寮房住一晚，第二天才能下山，都说腿疼得受不了。我走来走去习惯了。""来拜药师菩萨的人多不多？""不多！差不多都是家里人生了病来的，能爬这么高的山，信心也算是不小了。""灵不灵？""你这一下子把我问住了，世间万物成住坏空，生老病死都是一个过程。你不能求菩萨把好的给你，不好的全部去掉。

这样让菩萨很为难是不是？"说完他轻声笑起来，我也笑了起来。

吃完饭他领我在四周转转，临别时我把饼干和面包留给他，还剩下半包烟也送给他。他送我到门口，站在那里掏出打火机点着烟，轻轻冲我招手说："春天你来！满山的杜鹃开了，那才好看呢！"

·

猪油店

　　到皖西，行脚在响肠、割肚两地，看到街上有"猪油店"，问当地居民，说是专门卖猪油的店。山区居民日常生活不可一日无猪油，我是知道的。以前都是自己在家炼猪油。年轻的时候在皖南生活过一段时间，春天笋子上来，食堂就天天做笋子，油焖笋、炒笋丝、笋块烧肉、笋子炖咸肉。初到，恨其油大，跟食堂的大师傅说过几次，他说："你才来，肚子里还有油水，过一段时间，等油剐得差不多了，就反而觉得我油放少了。"大师傅姓鲍，他炒菜的时候旁边放着一个猪油罐子，菜起锅一定要淋一勺明油。山里的春天很冷，太阳一下，山上阴影就覆盖下来。肚子里没有油水，真抵挡不了这寒气。食堂的后面有一条小溪，水终日响个不停。有一条竹管子从水源处引到食堂的后厨那里，两个池子一高一低，高的洗菜，低的搓抹布。当地人都说山上的水剐人，"剐人"的意思就是水质硬，特别澜油，所以一日三餐都要吃猪油，不然人受不了，觉得气虚没劲。早晨起来吃粥，也在碗里放点猪油，略微加点盐。蒿子上来会做蒿子粑，也是用猪油煎了来吃。不吃点油水大的食物，爬到山顶一泡尿撒了，就干不动活了。山里地少，一家只有两三亩，每年都要吃返销粮。返销粮都是粮库里的陈粮，米一点光泽也没有，煮成饭特别松散，盛到碗里，筷子一拨就散掉了。这种饭没有一点油水，简直是味同嚼蜡。

山里家家都养猪。他们养猪跟平原上不一样，一楼一般不住人，放农具和肥料，旁边砌个猪圈。猪圈地上铺的石板，吃喝拉撒都是圈里，脏了就垫一层草，一直垫到与二楼快齐平了，猪就出栏了，然后把圈里的草清到田里肥田。小孩子放学，书包一放就上山打猪草。山芋收上来，人吃一半猪吃一半。早晨煮一大锅粥，吃不了的拌上糠喂猪。猪养得好不好，关系到一年全家人的油水。山里人家养猪一般是不卖的。杀猪当天请了屠夫来，早晨一大家子忙，松柴照得灶屋通亮。杀猪匠抱着手端详着这个猪膘大概有多厚，能出多少油。他的嘴上叼着烟，耳朵上左右两边还夹着，油腻腻的皮围裙穿在身上，小徒弟在一边磨刀。猪大概也知道今天不是好日子，在圈里焦躁起来。女主人见不得这种残忍场面，早掩了脸躲到一边去了。有的心肠软的，免不了还要掉几滴眼泪，给猪念几句佛经超度它。一点点大的猪秧子买回来，养到一二百斤重，怎么没有感情？男主人忙着到处请人帮忙，给人散香烟、借盆接猪血。开始到圈里捆猪了，猪凄厉地叫起来，左冲右突。这也是徒劳的，躺在地上还是叫。狗看一眼害怕又飞快跑走了。村里人披了棉袄走过来瞧热闹，接着主人的香烟，然后蹲下来，揣一下猪的肥瘦，自然都是说吉利话："这个膘厚，今年你家要过个肥年了！""还好哎！这个猪光吃不长，丧尽天良！平常都是吃的精米细糠，原来以为能长到一百八，刚才称了才一百二冒点头，养亏了。"

猪抬到凳子上横着。屠夫先将猪杀死，然后在猪腿上开个小口子，用管子往里吹气，边吹边用根棍子敲打，一会儿工夫，猪显得格外丰满起来了。热水倒入大盆，开始烫猪拔毛。无论是黑猪、花猪、白猪，烫好拔了毛都越发标致起来。大家等着，激动人心的时候就要到了：沿着肚子一刀豁下去，心肝五脏自动倾到盆里。

大师傅接过一支烟，马上有人给他点上。剩下的活是小徒弟的事了。他一边擦着手，一边回答别人的提问，比如板油能出多少，花油能出多少。前腿、后腿割下来做火腿，挂在灶头，烟熏火燎，松柴茅草烟雾腾腾烘着，不数年即同古墨一样，表面上长了一层绿毛；肋条、后臀都是做腊肉的好材料。之后，就是熬猪油，一大锅白花花的板油、花油，慢慢熬出黄澄澄的油来，油渣在锅里碰碰挤挤，时分时合，空气中都是猪油的香味，这种香味闻了使人幸福得有点发晕。油渣捞出来放在一边凉凉，出来进去的大人小孩都捡几粒扔在嘴里，一咬有猪油汪汪浸出，刚品尝到至味，女主人就把油渣收拾起来了，等会儿做杀猪菜。油渣是重要的食材。现磨的豆腐，撒上一把油渣，马上活色生香起来。冬天经霜的白菜，撒上一把油渣，也是待客的佳肴。杀猪菜的猪油格外多添一勺，不然会被人家说上一年。零头八脑的肉、血、内脏，煮了加点盐，上面撒油渣、小香葱，一家一碗，命小孩子端过去。

炼出的猪油，用几个淡绿色的瓦罐装起来，能够吃一年。放久的猪油称为"腊猪油"，烧草鱼时放一点，能起到画龙点睛的作用。这种草鱼在水里属底层鱼类，身上的颜色近似于大螺蛳壳，当地人称"螺丝青"。"螺丝青"这样大的鱼，如果里面不加腊猪油，吃起来多多少少有点腥气，但是在加了一大勺腊猪油后，反而把鱼本身的香味激发出来。

冬末，门前的水塘车干了水，小杂鱼可以做杂鱼锅，下面用炭火慢慢"咕嘟"着，上面淋一勺猪油，过酒下饭都很相宜。皖西那边冬天喜欢吃"吊锅"，用一截竹管把锅子吊在房梁上，下面火大了就把锅升高一点，火小了就降低一点。最常见的是红烧肉炖生腐。"生腐"就是我们常说的豆腐泡子，皖西的生腐形状和别的地方不一样。别的地方是正方形，皖西近似于长方形。生腐久炖可借肉味，在淋上一勺猪油后，还要撒一把生蒜。外面刮着北风，酒酣耳热，此乐何极！现在很多地方的饭店都做"胡适一品锅"，但都不是那个味道，究其原因还是舍不得放猪油。胡适先生曾写过一篇文章，说在上海吃安徽菜，饭店老板一听他本地口音，就对后堂大叫一声，意思是乡党来了多放油呀！结果他就要面对一盘油汪汪的家乡菜。"胡适一品锅"想好吃无他诀，就是重火功，久炖，然后多放油，放猪油！

现在山区的年轻人大部分出去打工了，村里养猪的人家几乎没有了，但是饮食习惯上还是喜欢吃猪油，所以镇上才出现了专营猪油的店面。我买过一次店里炼出来的猪油，老实话，不好吃！大部分都扔掉了。不知道拿猪的哪个部位炼的，总感觉到一股腥气不能下嘴。现在家里烧菜用的猪油还是一家做火腿的朋友送的，他说用的是"两头乌"花猪炼的油，果然好味道！懒得烧菜的时候，拿点白饭放点猪油、酱油，拌拌也好吃。有人说，这样吃多不健康呀！山里胖子是很罕见的，大概一个是水质问题，另一个是人家天天都要干活，消耗比较大。我自己每年体测胆固醇、血脂也很正常，所以这个账还是不能算在猪油头上，大概还是要怪自身懒，不好动造成的吧！

倒霉的土地爷

　　我骑车的时候经常会经过一座铁路桥。桥的右边是个建筑垃圾填埋场，左边是片林子，里面种了香樟和一种春天长出红色叶子的树，但我不知道这是什么树。桥的南边原先有座土地庙，有一次下雨的时候，我曾经在里面躲过雨。庙有两间屋那么大，中间塑了个土地爷，不知道是谁的手艺，反正塑得蛮有喜感的：一个白胡子老头，头上戴个员外的帽子，拐杖比他人还高，弯着腰笑脸迎人，脸上还有两坨红，微微张着嘴，嘴里残存着一两颗牙。塑像下面有三个蒲团，一字排开。我看看桌子上有香，就给土地老爷也上了三炷。我一边上香，一边默祷说："土地老爷显显灵，一时三刻就天晴。"

　　雨还是不紧不慢地下着。过了一会儿，门外来个老太太，手里拎着一袋蚕豆进来。她看我一眼说："来躲雨的？门口那辆自行车是你的？"我说是的，我问她是干什么的，她说是看守这座小庙的。我说这座土地庙蛮大的，她说以前还要大。她指指铁路那个方向说："庙原先在那边，修铁路拆了以后，村里凑钱又盖了现在这个。"

我说："这个像是从那边搬过来的？"她点头说是。"现在村里几个老的没事到这边看看，庙里没什么东西可偷的，只怕收破烂的把香炉给偷走了。没事的时候凑齐四个人我们就打麻将。"她给我指了指，在土地庙屋檐下面搭了个棚子，里面有张小方桌。

她接着说："这几天那几个人家田里有事情，就我一个人在这边看。你可烧香拜拜？我们这边土地爷可灵了！"我说我烧过了，求天不要下了，我好骑车回家！她说上次有个老板买了彩票来拜，把彩票押在香案上，后来果不其然就中了个三等奖。雨停了，我出来。土地庙的外面，麻雀都飞下来啄地上的野草，看到人来就一齐飞到屋顶上歪着脑袋看着。

这座土地庙在本地要算是个大庙了。我老家的土地庙就是在田埂上修一个小房子，一只猫能蹲得进去。逢年过节的时候想起土地爷了，就拿半截蜡烛和几根香供他一供。土地爷在中国的仙界中怕是最不起眼的神仙，有句俗话说："拿土地爷不当神仙。"在《西游记》里，土地爷简直可以说是一个"地导"的角色。唐僧师徒走到一个地方不认识路了，妖怪不明就里也不敢乱打。唐僧就令悟空出来拿金箍棒在地上乱捣一气，就有个白胡子的矮老头从地里也许是"嘟"的一声，也许是"嘣"的一声跳出来，然后屈身行礼，禀道："启禀大圣，请恕小仙接驾来迟！"悟空就问这是何山，山上住的是何怪。应对口吻完全像上级和一个低层人员的对答。土地爷支支吾吾的，因为不管是天上还是地下的哪一级都比他官大。他惹不起，平常只好躲在地下。孙悟空就发了气，举着棒子要打要杀，于是他就说这是何山，山上妖孽是什么背景，话说完就"嗖"的一声消失了。

有些地方的土地庙的对联是：多少有点神气，大小是个官儿，横批是：独霸一方。这个对联简直就是土地爷神格的具体体现。他自然弄不过孙悟空那样本事大的神仙，但你如果正好处在他的管辖范围内，比如春种秋收、打墙动土，还是要禀明他老人家才敢行动的。好在土地爷又不要多大的礼，有的土地庙对联是：莫笑我老朽无能，许个愿试试；哪怕你多财善贾，不烧香瞧瞧！集引诱与威胁于一体！他不要猪头三牲，他清楚自己的身份。这些好东西都是那些大神的，有个五碗头素菜就行了——豆腐、芋艿、青菜、萝卜、笋片供在桌子上，就心到神知了。

土地爷身上集中了许多中国底层社会"场面人"的做人智慧，大事小事他都能兜得转。我有一个朋友被下派到基层，他就自称是一方"土地"，他说你干几年村主任，一辈子写小说的素材都够用了。

既然有土地爷，就有土地婆，有的地方是两仙都供。有的土地庙只供土地爷，问当地老百姓是什么原因，他们说土地爷跟土地婆为了家务事吵起来了，土地婆回娘家就一直没回来。我躲雨的那个小庙就只有土地爷，不知道是不是因为夫妻关系不和。

我隔了有一段时间没到铁路桥那边去骑车，等到第二次去的时候，忽然惊奇地发现土地庙变小了，而且迁到路的北面来了。我弯着腰进去一看，土地爷也变小了，以前是个泥塑的土地爷，真人大小，现在变成瓷的了，仍然是笑眯眯的，好像一点也没有动气的样子。四周也没有人可问，这个地方原来是片菜地，春末芫荽抽出白花，散发着脉脉香气。

"咦！这个土地爷难道还有神通不成？"回来的时候我是从另外一条路返回的，土地爷怎么变小的就成了一个疑问存在我心里。今年五一的时候我骑车经过那里，发现那个小土地庙也没有了。我站在铁路桥上四处张望，发现在不远处的田里有个琉璃瓦做的小房子，大概跟个鸡舍差不多大，难道这是土地庙吗？我推着车到了近前一看，那个鸡舍大小的屋子里坐着一个更小的土地爷，这个土地爷跟个保温瓶差不多大，手里拐杖也没有了，只是端坐在那里，脸上笑眯眯的。门口放了个香炉，炉子里有些被雨浸湿的香灰，发着青色。有三个缺了口的蓝边碗，里面残存着半碗脏水。

就在我张望的时候，我看到去年遇到的那个老婆婆在地里锄地。我就问她："老人家，这个土地庙怎么变小了？"她直起腰说："原来那个拆了，那地方要盖楼了。土地爷没家了！我们就给迁到这边来了。原先庙在铁路中间，后来火车来了，土地爷就搬了一回家。搬的就是你上次去过的那个，原想在那边能混几年，谁知道路南面地又卖掉了。村里几个老的又给它迁到路北，今年路北的地又卖了，后来我们就给它迁到这边来了。"我说："在这边能住多长时间？"她回过头看看那个小庙说："那就不知道了，看看它自己的神通吧！"现在路北面的工地上已竖起了打桩机，打桩机像老头咳嗽一样打起桩来。小庙里的土地爷被它震得快跳了起来，它仍然是笑眯眯的。

做酱

　　《聊斋汉子》里有个故事：龙王三太子奉了龙王的命令，请个木匠去龙官打家什。正好胶东某地一个木匠背了锯子、刨子、斧头出门去找活。三太子就说："你也别跑了，跟我家打家具吧！"说完指指大海的方向。木匠问："有多远？"三太子说："不远，跳下去一会儿就到了。"木匠说："我上有八十老母，下有黄口小儿。好汉爷！饶命则个！"三太子说："咦——你这人想哪儿去了？没人要你的命。我揭片'分水鳞'贴在你身上，你跟在我后面，遇上水自然分出一条路来，身上一滴水也沾不着。"木匠便随三太子去了。山中浑无事，海中日月长。木匠在龙官里忙个没完，打了几堂的家什，有桌子、懒凳、荷花大榻、官帽椅。老龙王没事的时候还来帮他打个下手，脱了龙袍两个人扯大锯。

　　这一天，木匠看三太子手里拿面令旗急急往外走，他问："三太子忙什么呢？"三太子说："奉了父皇的令去你老家下雨。""能带我一起去吗？老长时间没回去了，怪想孩子们的。""你是想老婆了吧？""也有些想呢。"三太子挠挠头说："带你去也是行，但怎么走呢？我是飞的，你是走的，怎么一道去呢？"这个三太子现在做人很好了，上一回在陈塘关让李靖那个儿子差点儿揍个半死，后来活过来性情大变，非常地具有共情能力。他低头想了一下说："有了，你回去准备东西。我在龙宫珊瑚丛花园等你。我去给你偷件老四的龙袍，等会儿你穿上就可以腾云驾雾了。但是你记住就有一条——你原是凡人，披上龙袍后绝对不能说话，你可切切记住了？""这我怎不知道，你就拿刀攮我，我也不吱一声，三太子你就赙好吧！"

行云布雨这种事情哪有那么简单。在三太子出发前，雷公、电母、风婆婆在那里忙得不得了。地上飞沙走石的，那些个赶路的商贩、转营的军丁、走方卖卦的、玩蛇的、推鸡公车的，都被吹得东倒西歪，帽子在路上直滚，但一滴雨也没下，因为三太子的令旗还没请到呢，单等着主角登场。说时迟那时快，三太子带着木匠来到他家屋顶上。雷公、电母、风婆婆瞅着有点恍惚，怎么来了两条龙？"龙多作旱"呀！三太子用手摁住一个鼻孔正准备往外喷水，木匠忽然对着院子大喊："二妮——人上哪儿去了？酱缸还没盖呢！"话没说完，就倒栽下去了。三太子大叫一声说："你奶奶个腿儿！叫你别说话你不听，害死俺了！"翻转身飞其他地方下雨去了。

木匠躺在院子里被摔得发昏，一句话也说不出来，只是哼哼。他挣扎着想往天上飞，可是身子不听使唤，还没飞到树头高又掉了下来，三起三伏，像沾了一身灰的大泥鳅，尾巴搅得灰直飞。左邻右舍听到这动静，都拎着菜刀和镰刀头子跑过来，纷纷叫着说吃了龙肉可以长命百岁。有几个青年小伙儿踩住就要下刀割，一个老者过来阻止他们说："这地上的驴可以吃，天上的龙可是不敢。万一得罪了老龙王可不是玩的。将来不给咱下雨了，拿什么种庄稼？"大家听了哄笑起来："吃了就长命百岁了，任什么样都饿不死啦。还种啥庄稼？你这个老汉说话把人肠子都要笑断了！你快闪开，割了回去好做晚饭了！"

就在众人要动手之际，天上打了个焦雷，把准备吃龙肉的人震晕好几个，其他的人吓得掉头就跑，原来三太子忙完了事赶来搭救。三太子说："你扒我背上，拽着我的犄角，跟拉舵一样往怀里拽，这样咱们一直往上飞。"木匠听了点点头，风婆婆站在云端，拿把被面大的扇子"呼呼"地扇。天地之间黄乎乎一片，什么也瞧不见。过了好久，那些被雷震晕的人悠悠醒来，大家摸摸胳膊、腿都还在，挎了篮子回去了。

发生这么大的事情，雷公、电母、风婆婆回来肯定要跟老龙王说。三个神仙一人说了一回，一共三回。龙王的火一遍比一遍大。三太子进门也没叫吃晚饭，就揪住他的犄角一通凿，在三太子的脑袋上一连凿了二十四个大包，个个都比栗子大，疼得三太子杀猪一般叫唤。老龙王说："他一个凡人你带他飞？他飞得再高，眼中只有家里的酱缸，险些坏了咱们的大事——给他工钱让他回去！"

木匠回到老家，酱刚晒好，红油油、香喷喷的。二妮把酱给他盛了一碗，上了一碟子煎饼。柳条筐里有葱、黄瓜、萝卜。大葱一撅两段，蘸上酱往饼里一卷，狠狠地咬上一口，嘴立刻变成一个球状，心里想这才是过日子，在龙宫里天天海鲜吃不惯。

晒酱在咱们乡下那是一件大事，就怕下雨打雷。古书上不是说"作酱恶闻雷"，淋上生水，一缸酱算是扔了。小时候我在乡下，我奶奶一年要做两缸酱，一缸黄豆酱，一缸蚕豆酱。这个是一年的调味料。记忆中好像没谁家买酱油的。酱做好了，蒸茄子、蒸豆角放上一勺，再浇点烧沸的菜籽油就齐了。到现在我仍然认为，蒸鸡蛋里面不放上一勺酱，就算不上好菜。没有小葱，上面撒点韭菜末也成。实在没菜的时候，就蒸一碗酱也很下饭。蚕豆酱里面可以酱瓜、酱豆角、酱刀豆、酱辣椒、酱鸡。做米粉肉时没有米粉，就把肉裹上酱放在饭头上蒸，也很美味。有一次一个朋友跟我回老家，因为来之前也没打电话，仓促间也没什么菜，我叔叔就买了一刀五花肉，切成块，拿酱裹了蒸出来饷客。我那个朋友吃了说："从来没吃过这么好吃的东西，我原来是不吃肥肉的。"后来他见到我总是问："你们乡下那个菜叫什么名字，怎么做的？"我告诉他："做法很简单，就唯独一样，需要自家做的酱。"

这种酱蒸曝腌的咸干鱼也很好吃。初中放暑假的时候，我跟人在村庄附近的河里下丝网，这种网很窄，只能网到河面上的鲹鱼——当地叫作"参条子"，长得像柳树叶子一样。淘米的时候，这种鱼就会浮上来，吃漏下去的碎米。一中午就能网许多，把它们腌了，放在竹匾上晒干。吃的时候，在上面放上姜丝和红辣椒，然后淋上这种酱，如果想锦上添花就放点油，蒸出来就饭下酒都很好。酱简直是乡村饮食的灵魂！所以木匠在天上看一缸酱要被雨淋坏，才起了恐慌，在这一点上，我与他很能共情。

做酱之前要拣豆。我被奶奶抓了丁，说我眼睛好，要把黄豆中间的坏豆子、霉豆子挑出去。蚕豆里面瘪的、霉的，也要挑出去，挑得脖子酸疼。有的人家怕孩子出去乱跑，就给他找事情做，把黑豆和黄豆混在一起，然后让他挑出来。等挑出来了，一上午过去了。豆子挑好就要去泡，泡相当长时间，然后上锅煮软烂了，大致煮到手一捏就"㸆"了，就差不多了。紧接着，要拌面粉，做成饼状，放在阴暗潮湿的地方去霉。酱做得好不好，这个环节很关键，也不是每一年的"霉花"都起得好。有一年"霉花"起得不好，吃起来有一种脚丫的味道。我爷爷吃饭的时候，酱碗一端上来，他就皱起眉毛，把筷子摔得"叭叭"响。

做酱很麻烦！太阳好的时候要晒要翻，芳妈妈说早上翻酱，晚上不能翻酱，晚上翻酱酱就会坏掉。现在不大有人做了，前几年我们附近有个露天菜场，还有人卖酱。后来这个市场被取缔了，这种土酱也找不到了。我婶子从南方回来做过几回，好像是盐下多了，酱咸到发苦，给我们带了一坛子来，觉得无福消受。有一次我开车回乡下，又把这坛酱带了回去，让我婶子做酱的积极性受了打击，连着好几年都不做了。

我记得一个好玩的事情。有一年酱做得特别好，冬天杀了几只鸡，也放在里面酱。中午吃饭的时候，来了一个和尚。他捧着一个磬一个劲儿地敲。我叔叔给他一点米，他摆了摆手不要，说要钱盖庙。我叔叔又给他搪瓷缸子里盛了些菜，唯独没有给他夹几块酱鸡。那个和尚生气了，嘀嘀地骂了起来，说："为什么不给我夹几块鸡，弄点酒，天这么冷！"我叔叔说："你一个出家人又吃肉又喝酒吗？"他大言不惭地说："酒肉穿肠过，佛祖心中留。"我俩说："不给！就蒸这几块，自己吃还不够呢。"他虽说没像鲁智深一样扑上来就抢，但是在外面骂人。我叔叔气得要出去与他放对。这时村主任来了，他披着一件军大衣，这是他儿子从部队上给他捎来的。他抖了一抖肩膀，问这个和尚："你是哪个庙的？有介绍信吗？身份证给我看看。"和尚讷讷地说："没有！"村主任变了脸说："再不滚，信不信我叫人捆了你！不好好地务农，在外面招摇撞骗！你念段经我听听。"和尚对他拜了一拜，说："阿弥陀佛！""跟《少林寺》学的，你接着念。"村主任拿条凳子，坐在旁边看着他。他又结结巴巴念道："阿——阿——我走了！"他磬也不敲了，顺着田畈走得很快。村主任抽了抽鼻子问："蒸的酱鸡？真香！"抄起筷子夹了一只鸡大腿，然后拿我叔叔的杯子整了一口。"不错！不错！我走了！"他披着军大衣，围着村子到处转，他家养的一只大黑狗跟在他后面。

第五辑 · 送画记

我大爷离休以后住在合肥，

八十多岁了，

经常骑辆破车上我们家来玩。

说是来玩，

实际是蹭饭来的。

剃头匠万师傅

剃头匠万师傅大概已经死了。因为他有很多年没到我们这片来了，以前我们这片老年人的头都是他剃的。他挟着一个布包，里面装着他剃头的工具。有推子、刮胡刀，还有取耳的一个小筒子。小筒子里面有一个挖耳勺、一柄小刀，还有一个鸡毛小掸子。掏过耳朵以后，他会用小掸子给你在耳朵里掸几下，使人觉得浑身舒坦。我们当地有一句土话叫"鸡毛掏耳朵"，意思是这个人尽说一些好听的，不干实事。外面的理发店早使上了电动推子，他一直使着手动的推子，又不好好地磨一下，老是夹头发。

小时候我见到他来，就找个理由跑掉，否则就会让他折磨个把小时。他理发的时候不许人动，一动就用五根铁钳般的手指将你头按住，甚至请你吃个"毛栗子"。他说："别乱动！一动就剪不好了——"其实就算你一动不动，他也剪不好什么发型。以前还有小孩子"剃毛头"，就是剃胎发。"剃毛头"给的钱多，是平常的十倍。剃完以后，主家把小孩子的头发珍重地收起来，作为纪念。有的会拿去做支毛笔，也不是真用。因为他每次"剃毛头"都把人家小孩子弄得像杀猪似的叫，后来就没什么人找他剃了。小孩子又不掏耳朵，再者说了他掏耳朵的手艺也不咋的。我有一次找他掏耳朵，差点把耳膜给掏通了。有个相声，说一个"向阳取耳"的师傅，顾客对他说："你力气再大点，就掏到对面去了！"

万师傅这么些年，只会剃三种头：刮光、中分、小平头。他平时都干什么去了呢？他的精力都放在打官司上了。理一段时间头发，攒了几个钱，就去打官司或者上访。我听他给我爸理发时说，城中心胜利电影院旁边的大院子，是他家的。里面有三进大瓦房，也是他爸爸亲手盖的，新中国成立后房产局给接管了，然后分配给新进城的居民住。他们一家子被撵出来，就去了乡下。他现在在城里，除了剃头，还有一个更重要的使命——想办法要回他家的房子。这话也是改革开放落实政策后他才敢说的，以前他可没这个胆。你不管跟他聊什么，最后他都会把话题引到他祖上的房子上去。很多老者不愿意听他扯这个，听着听着就睡着了，涎水从嘴角挂下来，蜘蛛吐丝似的。

他很扫兴，理完发，取下围在脖子上的白布单，奋力地抖动一下。把这个老者惊醒了，就问他："没涨价吧？"他搓了搓手说："涨了一毛了。老爷子，你看外面什么不涨。小白菜、菠菜卖多少钱一斤？"老者摸了摸头说："你天天聊你那个房子，能要回来吗？米变成粥了，你还能叫粥变成米？你有空把你那个刀磨磨，这个头皮叫你刮得火辣辣地疼！"他一边收拾东西一边说："怎么要不回来？我家祖上的东西，有地契、房契。这个都是我爸爸跟人开木材行挣来的，那三进大瓦房的木料，都是江西上好的杉木。就从这边东门大河拖上来的。电影院卖票的老张就住着我们家的房子，上回我去理发，他跟我说这个屋子盖得好，连窗子的风钩都是铜的。我听了差点哭起来，这么好的屋子是帮人家盖的！我自己的屋子住不成，一天来回骑几十里路。现在不是说落实政策？哪怕是给我一小间，也是好的。我开个小理发店也不要跑来跑去的。"

这个老者就安慰他说："哎——你去房产局问问。看看有没有什么政策，要一小间应该是可以的。毕竟是你自己家的东西。另外你要关心报纸上说什么。退休前我在单位搞政工，这方面的事情我比你懂。报纸上如果说有这个动向，那你买份报纸去找他们就容易了。你想想我这个话对不对？"万师傅听了这话，也觉得不错，笑眯眯地走了，从此以后添了一个看报纸的爱好。他认识字，而且文化不低，他在邮局门口的报纸摊上，一看就看老半天，低着头像是要把报纸上的字一个一个地吃下去。后来许多老者要理发了，就去报摊上找他，他准在。

"哎——万师傅你有空去帮我把头发理一下！""唉——唉——我把这两行看完就去，你等会儿！"他恋恋不舍地收回目光，然后随着这个人走了。理发的时候，人家问他："你那个房子怎么样了？""我去找他们了，他们说还没接到上级的通知。

说如果接到通知就给我一间，跟其他人一样，每个月交房租费。我自己家的房子还要叫我交房租费，到哪里讲理去？""能给你一间就不错了！人可不能太贪心啊！哎哟，你抽时间把你的刀磨磨，你这个生拉呀！太疼了！"

万师傅忙凑近看看，脸上血珠子都冒出来了。他不好意思，从布包里找出"荡刀布"。"荡刀布"有点像粗帆布，上面油乎乎的。他把"荡刀布"拴在门把手上，使剃刀在上面来来回回"荡"了几下。然后扳过脸再剃，问道："可好点？""唔，唔——好点。万师傅我跟你说几句话，可能有点不中听。你家房子没了，说倒霉也是倒霉，但你剃头我给你钱，一码归一码，你再这样，人家都不敢找你剃头了。本来理发、刮脸、取耳，是快活的事情，现在让你弄得跟上刑似的。"他听了就直咧嘴。

这样说过以后，他的手艺会好上一阵子，但过段时间又不行了。这个片区的老头们，就在他这忽好忽坏的手艺中沉浮着。他的房子，一会儿说有希望了，一会儿又说没了希望。后来大家掌握到一个规律，他不提这个事情，就谁也不问他。但理发时也不能一句话不说，就问他："万师傅最近报纸上有什么新闻没有？"他这个人记忆力奇好，他说："多少号阿拉法特来了，中英又开始第几轮谈判了，日本首相换人了……"诸如此类，他样样记得。然后说到生姜、大蒜、八角哪一年是什么价格，十几年前的都记得清清楚楚。

我有一次实在忍不住问他："万师傅我看人家开发廊生意也

不错，听说一年挣不少钱。你有底子，去跟人学学怎么染发、烫发。女的钱好挣，她们逢年过节的烫个头都好几十块，干上几年，你在城里也买上房子了，费那个事干吗？"他白我一眼："我们家的东西，我为啥不要？他们理那个叫什么呀？我这个经典呀！男的头不外乎三样，光头、中分、平头。你们说的什么'郭富城头'，就是中分留长一点，跟过去'二鬼子'似的，给钱我也不爱理。"

有一次他给我爸理发，理完了，让我给他打盆热水，好把胡子焐软了，再刮胡子。等的工夫，他对我说："我家的祖宅拆掉了——要盖个什么广场。""有没有给你说法？""没有，电影院卖票的老张据说还分到房了……"我看他情绪很颓唐，就没把这个话题聊下去。过了一会儿他开始刮胡子，我爸实在忍不住了，对他说："老万你可能把你的刀磨一下子？刮得生疼。"他答应了一声，去布包里找"荡刀布"，可不知道为什么，翻了半天没找到。他拿着一把剃刀，很茫然地站在那里。

从这个事情过后，我爸也不找他理发了。在我们家附近的河边一棵大榆树下面，新开了一家剃头摊子。水热，刀快，很快就聚集了一批信众。我爸向我推荐了好几次。他说："大榆树底下的小李，剃头手艺好得很！你什么时候去试试。""老万师傅这下没生意了？""也有——有的人不怕疼，还找他剃。"有几次，我在报摊上遇到他，他问我："你家老爷子的头发要理了吧？"我说："还好，头发不太长。"他悻悻然转过身去看报纸。卖报纸的把报纸叠了起来，他老看又不买一张，卖报纸的人挺烦他。他直起身走了——

从这以后，我又有十年没看到他了。不知道还在不在了。万师傅如果还活着，也有八十多了。

送画记

　　早晨我从陡沙河开到老沈他们的扶贫点就快到中午了。盘山公路不好开，如果遇见前面有一辆重载的货车上山，就要跟很长时间，刚把速度提起来准备超车的时候，对向又过来一辆手扶拖拉机，或者一个农民开着三轮车占着半边道路疾驰下来，只好缩回去，跟在重载的货车后面慢慢蠕动，八十公里的路开了约三个多小时才到。

　　我们开到村委会，村书记已经在办公室等我们。他领着我们到楼上看画家扶贫的成绩，一边走一边说："上面的好多大领导都说你们画得好哎！这比给钱还好，这是精神文化上的扶贫。"村书记个子不高，五十多岁，穿一件灰色的夹克衫，老式的方头皮鞋，脸色黑红，眼睛不大却很有神，一看就是农村里的精明人，因为经常接待上面的来人，所以应对很得体。

　　先是到村会议室，有一张大圆桌，围着大圆桌能坐好几十个人。墙上挂着一张画，是画院画家合作的一幅画，题款曰："八月桂花香万里"。画面的近处是丛生的桂花，中景是一队红军战士举着红旗正在上山，远景是更高的山峰上红旗飘飘，有牵马的，有叉腰吹号的，还有几个首长站在山顶做指点江山状。书记说："上次县人大来要这张画，我们都没有给——因为这张价值那么高。当时你们院长跟我们说这张市场价都要卖一百多万，我都吓死了，自从挂上墙我都没睡过安稳觉。你看现在都登记造册了，画框上还贴着二维码。这些都是国有资产了，我哪敢做这个主？"他又带着我们楼上楼下跑，他说，"这些可都是省里大师扶贫的心意，每一张都要挂起来，不然人家来了看到会不高兴。那边厕所墙上还有一张，我领你们去看。"

村支部办公场所建设得相当不错，门口还有个村民活动场所，有篮球架和健身设备。我问他："这个健身设备平时可有村民来健身吗？"他说："不大有人来玩，平常他们在山上或地里健身都健得差不多了。村里那些七老八十的人也玩不动了。""这个村有多少户？"书记说："统计是有两千多口人，但现在在家务农的只有不到五百人，所以今年上面叫我们村里的人去接种疫苗，是按统计数字下的任务，这你叫我到哪里去完成？"他说完把手一摊。我说："现在农村差不多都这样，我们老家村子原来几百人，现在只有七八个老头、老太太，能动的都跑出去了。不是说你们这里要搞旅游民宿吗？年轻人回来搞这个不比在外面打工强？""大师——你是不知道，我们这里有山是不错，但这里附近都是山，风景也不比其他地方好到哪里去，没有什么特色。

搞了房车营地和几个民宿，除了五一、国庆长假几乎没什么人来。首先干的几家没有赚到什么钱，后面的人也不想往里面投资了。"我对他摆摆手说："不能叫大师，这个是骂人的话。"书记说："哎——我听你们画画的人在一起不是互称大师吗？""那是互相挖苦。""那我叫你领导好了！""也不是领导，你叫我老高就行了！"

在村子里转了一会儿，书记说："要不我带你们去后山看看我修的那条路，今年总算是修到头了。感谢你们啊！如果不是你们支援，这条路修不起来，现在山里几个畈里的人出来方便多了。"后来据老沈介绍，山后这条路有十几公里，村民自筹了一部分，大部分是村干部从单位要来的钱。他们这个村，除了画院，还有一个科研单位帮扶着。画院没有什么钱，帮的都是虚的，比如过年下来写个春联，给村委会画画呀！或者把自己印的画册、诗集送几本到村图书室，书上还要扎红绸子，搞得煞有介事的。村里还要招待一顿工作餐。画院没有钱，有些画家还没脱贫呢！就拿老李来说，前几年在外面教几个绘画补习班，这两年疫情暴发，补习班也不让弄了。他老婆一身病，儿子头脑也有毛病，挣两个钱贴补家里这个无底窟窿还不够。他一根裤腰带扎了十几年，上面的漆皮都掉了，皮鞋都张着口子。他也去参加扶贫，老沈说："你已经够得上被扶贫了，你还去扶谁？"他讷讷地说："凭什么你们能去，我就不能去？画两笔送给村子里也是我的一片心意……"

这个人是"人来疯"，画画的时候喜欢人家围观，一围观他就来劲，边画边说，比如刚才这一笔是什么名堂，下一笔又是什么名堂。他出去画画围观的人最多，挺能搞气氛的。画院院长过来一把拽住他说："老李怎么能不去呢？谁都可以不去，老李不能不去——上车！"这种不挣钱的活动，本来就叫不到人。这两年艺术品市场不景气，以前没挣到钱的，现在想挣钱就更难了。那些挣到钱的人，心理预期一时半会儿也落不下来。一听说没钱，还要搭上工夫，都推辞说有事来不了。所以院长能凑齐这些人也不容易，是靠自己的面子和平常的私交，但对于老李他没有这种顾虑，老李喜欢凑热闹，有肉吃有酒喝他就很知足了。有一次他喝完酒畅谈艺术，谈着谈着就出溜到桌子底下去了。大家只好挪开桌子把他给拽出来，然后架回宾馆。有的人说："老李不能改行吗？开个'滴滴'，或者送'饿了么'？"那个人说："这个话我可不敢说，老李真跟你翻脸！要说你跟他说去。老李自从年轻起就以画家的身份自居，这个身份已经跟他长在一起了，就像他标志性的长头发与络腮胡子，你能改变得了？你看他那个风衣穿得跟杀猪匠似的，前襟上都是油，皮鞋也烂掉了，上次谁说要给他买一身，让他给骂得狗血淋头！别去惹这个事，装作看不见就行了。我记得一本书上说，教养就是看到别人把菜打翻在桌布上，装作没看见——是不是这么一回事？"

就像毛姆写的《月亮与六便士》，有的人他一生都会处在"月亮"这个迷梦中，"六便士"怎么样都走不进来。记得毕加索在法国接到一封信，是美国的贫困艺术家搞了一个游行，请他去壮壮声色。他回复说："画挣不到钱改行就是了，不愿意改行受穷也是应当的，有什么好去游行的？"老李目前还能扛得住，等扛不住的时候他自然会有自己的选择，现在谁劝他他也不会听的。老李画画快，一上午画十几张，他画完以后就背着手一张一张评点。某某这一笔不好，某某那一笔不好。所以大家都有点讨厌他，加之话又多。他的话多到让人头疼，比如说他把你都说得睡一觉醒了，他还在说，你又接不上他的思路，只能点头说："李兄所言甚是！"

村委会的墙上一多半是老李的作品。等画完以后，书记怯生生地问他："这个价值多少？"老李两眼望天说："这一上午怕是画了有几百万的画了……"书记陡然感到压力山大，他说："这个晚上要找民兵看起来，不然让人偷了可怎么办？"空气里飘荡着欢乐的气氛。后来院长出来打圆场说："李大师将来的画升值无限啊！你们好好收藏着，是村子里的一笔财富呢！""什么时候升值？"院长说："很快！很快！指日可待。"

车开到一个转弯的地方，书记喊："停车！"我们把车停下来，下面有一条深涧。书记指指这个地方说："上次我骑三轮车从这个地方翻了下去，把腿给摔断了。""这条路修了多长时间？"我问道。书记想了想说："前后有十几年吧——有钱就往前修一截。"我说："划不来！你看你们这个地方人家又住得散，一个山头只住一家人。一家人拉条电线修条路，花这么多钱，还不如发给他，这样他家就脱贫了嘛。"书记连连摆手说："那怎么行？没这种搞法。""怎么没有？你看电视剧《山海情》不是把人迁出来了吗？"书记说："人家那个地方跟我们这个地方不一样的。我这辈子做的功德就在这条路上，以前这个畈里的人想卖点东西出去，不是挑就是抬。今年总算是修到顶了，路是窄了点，等天晴稳了，我还要找人把两旁的路基拓宽一点。今年我要退了，年底换届——将来的事情就不是我能管的了。"

说到换届，他出了一会儿神。我问他："你们退下来可有点补贴？"他听了忽然激动起来，把两只手伸出去一拍说："老叫我们奉献，但我们养老总要考虑的嘛。现在一个月有两三千块钱，不干了跟农民一样拿养老补贴，一百多块钱，你说说够干什么的？还不如以前跟他们出去打工，现在也攒下养老本了。子女他们也有孩子要养，他们在城里买了房子，月月交按揭，可有钱为我养老？你们帮我向上面反映反映，也不想多少，一个月有个千把块钱，够我和老奶奶（他老婆）吃饭就行了！"我说："这个话你应该跟你们镇里领导讲。"书记说："讲了也没用，镇上领导讲了，财政上没这笔资金，叫我们好好干，将来有的话一定帮我们申请。反正就是指兔子让我们撵呗。哦……我听沈大师说，你还写作是不是？""也写一点。""你下次写写我们村干部，不像电视剧里写的村干部都是坏的。我倒是想坏，想贪，可没条件呀！这个鸟不拉屎的地方，你能抢到什么？红薯还是板栗？前面不远有个寨子，你们要不要看一下？那个地方过去是个土匪的大寨子，有聚义厅和演武场。""这个倒是搞旅游的一个点，把聚义厅和演武场弄起来。什么'点天灯''大块吃肉，大碗分金'，再搞个压寨夫人什么的。""想过了，上面不给搞，说要多在文化上动脑筋。脑子都想空了，也没什么好办法。过去咱这个地方就是出土匪嘛——到哪里去给他找文化呢？"

快到山顶有一段小路，山上一座亭子。书记指给我看，说对面那块石头叫"大鹏展翅"，是不是像一只大鹏？我说不像，倒是有点像猫头鹰。我问他："如果不换届，你还想干对吧？"他听了用脚搓着地上的落叶。他说："那怎么可能呢？还是给他们年轻人干，他们无论是文化水平还是对新事物的接受能力都比我强。"他看看四下无人，把我拉到一边问，"村部里的画不值这么多钱吧？"我也紧张地向四周看了看，附到他耳朵旁边说："这是他们心里想卖到的价格，目前还没达到，别跟别人说……"书记听到点点头："不说！跟谁都不说。你这样讲，我心里一块石头落了地。老李还送我一张画，让我传代，这个值不值得裱？""当然值得裱，镇上没有裱画的吧？""没有，我下次托人带到县里去裱，以后挂在堂屋里，过年祭祖才拿出来挂挂。""这样好！这样好！"

我的文学导师

有一天我跟我爸聊起他的一个战友冯大头，我说："这些年你也不跟冯叔联系，不知道他还在不在了。"我爸说："哎——你不提他我都忘了，冯大头大概是不在了。他比我大，四八年的兵，他要在不成精了？""你可记得他那时老到我们家来，让我给他写人民来信？""我怎么不记得？就是因为这个跟他闹翻的。本来嘛，他怎么不找他儿子黑蛋写？好好一个孩子让他给教坏了！"

冯大头原来在部队的时候跟我爸都分在后勤，冯大头具体的工作好像是上街买东西，跟地方上的粮站、蔬菜供应站、土产店打得火热。转业的时候，他转到地方上一个物资回收公司当办公室主任。我家有一张办公桌还是他从公司拿板车拉来的。我小时候一直在上面做作业。

冯大头中等个子，长个刀条脸，眼皮子也不知道是岁数大了，还是年轻时就是如此，一直是睡不醒的样子。天冷的时候里面穿个中山装，中山装外面披一件油渍麻花的绗缝的黄棉袄，上面都是烟灰落下来烫的洞。他烟瘾奇大，坐下以后就从口袋里掏香烟，然后摞在桌子上。他抽烟不断火，说是除了吃饭不断火，所以省火柴。他说："三子，你帮我写封信给上面。"我说："冯叔你又要告谁？""告我们那个经理。""哎——冯叔你们那个经理不是上回让你告状以后调走了吗？""但现在调来这个更不是东西，多吃多占不说，还抢男霸女。我说你写——"

"你作业可写了？"我爸走过来脸色有点不好看。冯大头说："哎——哎——我这个是大事，儿子作业先放一放。""你怎么不叫你家黑蛋写？"我爸问他。冯大头说："黑蛋那个狗爬字，我才不找他。你家三子不是字写得好嘛，这在古代能当个秀才。"我从乡下刚到城里来的时候，夏天一放暑假，我爸就将我圈在办公室门口让我练字，一把椅子当桌子，坐在小马扎上写，也没有字帖就抄报纸，一条新闻抄完了，比如钢产量又增长了多少，农业取得了大丰收——抄完以后拿进去给我爸看。他说抄得不好接着重抄。他用练字把我圈在那里的目的，主要是怕我跟其他孩子去游泳。我们家门口就有一条河，老谭家二儿子就是站在桥上往水里跳水，一头扎在河底的木头桩上给扎死了。后来他不知道从哪儿弄来一本行书的钢笔字帖，是《毛主席语录》。到现在我还记得这么几句："一个人能力有大小，但只要有这点精神，就是一个高尚的人，一个纯粹的人，一个有道德的人，一个脱离了低级趣味的人，一个有益于人民的人。"

我逐渐喜欢上了临帖。后来我爸又到书店买了一本《唐人写经》，叫我拿毛笔临。我爹这个人有些文艺气质，他毛笔字写得不怎么的，却喜欢拿毛笔给人写信。我妈有时接到他写得龙飞凤舞的信不认识，找村里的私塾先生念，还要给人家下一碗面打两个蛋，没有就给人二角钱。那个私塾先生的帽子底下塞一张硬纸板，说是为了拢光。他把信举得高高的，一边念一边摇头晃脑的。如果我爸知道他这么苦心孤诣让我练字，就是为冯大头准备的，他会后悔莫及。本来他们在部队上走得并不近，冯大头喜欢喝酒、打牌、下象棋，但是他棋下得不怎么样，跟协理员马长乐的儿子马保军下棋下输了，把马保军打一顿。马保军他爸带着他儿子找他说："臭棋篓子！下不过还打人，你多大？他多大？没见过你这号的。"

他老婆在军人服务社，还当着家属委员会的一个委员。他老婆喜欢听墙根，嚼老婆舌头。谁家男人打老婆了第一时间到达现场的准有她，比110出警还快，叉着腰站在哭哭啼啼的女人后面说："新社会，新国家，还敢打人？！走——到团长那里告他，团长不理我们到师长那里去。我们娘家人给你做主，别怕他。我就不信找不到说理的地方。"一般这种事情搞到最后，是被打的人求她："淑贞，算了，这是我们家里的事，你有事你忙去吧！"冯大头的老婆叫张淑贞，可是她一点都不淑，有一回跟冯大头打架，拿捅炉子的钩子把冯大头脑袋都给干烂了。冯大头头上包着纱布，到机关办事，出来进去的人就问他："老冯挂彩了？新社会新国家，你怎么敢跟张淑贞打？"冯大头送他一个字："滚！"

张淑贞家养了三个孩子，老三是个男孩，名叫黑蛋。黑蛋喜欢搞各种发明创造，他在子弹壳里面填上爆竹的火药，里面装上一个小弹簧，往天上一扔，然后自由落体撞到地上就是"砰"的一声巨响。有一回，他不知道从哪里弄了一颗半自动步枪的子弹，夹在门缝里。我俩拿一个大铁钉砸底火，崩出去把对面的木门干了一个大洞，为这个事情我们挨了一顿胖揍。

张淑贞是军人服务社里最讲究的人。她长得虽然不好看，一脸的细麻子，皮肤很白，但是喜欢打扮，早上起来坐在镜子前面要梳洗打扮一个小时。前面的刘海儿拿火钳子烫得弯弯的，像许多问号挂在前额。然后就是各种霜啊，膏啊，搽得香喷喷的。家里却是一团糟，饭桌上有抹布、袜子、洗脸毛巾，都堆在一起。养了几只鸡，她常常忙得忘记喂它们，这几只鸡就跑到锅台上觅食。冯大头也忙，他们家孩子处于典型的放养状态，但也一个没死，活下来了。我爸爱干净，不让我姐跟他家的玉蓉和红云在一起玩，看见她们在一起跳格子就叫她回家。玉蓉和红云玩到激动的时候，鼻涕就不由自主地流下来，然后拿袖子一抹，把两个袖子口抹得跟锅铁似的油亮发光，裤子掉下来，就拦腰一拎。她们的头发她们妈妈也不给梳，就首如飞蓬在院子里跑来跑去的。

我爸是先转业的，冯大头迟了几年。他本来想进工厂里，最好是进一个大厂。大厂福利好，有学校和食堂，但不知道为什么会被分到物品回收公司，跟废品打交道。这让他很恼火，但又不敢不去。不去回家种地吗？转业以后两家倒走得近了。

张淑贞被安排到糖酒公司当营业员，反正这也是她的老本行。有时逢年过节买个烟买个酒啥的找到她，她都能想办法给弄一点来。冯大头一到物回公司就看不惯公司的经理，说他私心太重，老占公家的便宜，经常在食堂吃饭不给饭菜票，还打肉菜带回家。饭堂打饭的厨子拍他马屁，每次都给打堆尖的一碗肉片。还拿办公室的信笺给他儿子做作业打草稿……都是鸡毛蒜皮的事情。

　　他走后，我问我爸："冯叔不认识字吗？为啥非要找我写？""他是怕，怕自己笔迹被人认出来。想当官，把经理干下去，他自己当就没问题了。"但是现在这个经理据他说更不成样子，跟财务室的会计有一腿。

　　我问冯大头什么叫"有一腿"？他摸着下巴说："就是生活作风不好。""那什么叫生活作风不好？"他给问急了就说："两个人在一起干坏事，造人！"我爸听他说得不像话，就过来干涉说："你跟一个孩子说这些干啥？"他摸着大腿说："我是教他写作文呢，难道造人就不能写？小孩从哪儿来的？我最烦你们这些小知识分子，虚伪！"我爸还想说什么，但是想想看在张淑贞上个月帮着买了三斤红糖的分儿上欲言又止。冯大头说："你有事你先忙，我们爷儿俩聊——"

　　"此人与财务室的金永兰关系暧昧，有一次开完会后，两人到财务室关上门很久没有出来。后来看门的李长友看见两人衣冠不整地走了出来。金永兰的脖子上还有咬出来的印子。""为什么咬人？咬人为啥不揍他？""都快活死了，他怎么舍得揍她？""这个金永兰是不是长得很好看？""好看！吹弹得破，腰细得跟风摆杨柳似的。""什么叫吹弹得破？""我也不知道，反正戏文上是这样说的，你就照我说的写。""是哪两个字？""哎呀！笨，就是吹胡子瞪眼的吹，弹球的弹。豆腐你见过吧，就是那样的，形容白嫩。这是文学中的形容词。下次我买几本书给你看看，老子也下点本钱培养培养你。"

"冯叔你接着说。""后来这两个人经常在办公室做不正当的事情，李长友同志称每个月不下三回，严重地败坏了单位的风气。俗话讲上梁不正下梁歪，下梁不正倒下来，把一个好好的物回公司弄得乌烟瘴气的，许多同志看在眼里气在心中。最可恨的是，他还把乡下的侄儿弄来做临时工，伙同金永兰做假账给他发工资，并且打击报复与他不正之风做斗争的同志，包括冯某某、李长友——你托着腮帮看我干啥？"

写完了，他把我根据他口述写好的信拿过去看了一会儿说："一点都不生动，要加点料——两个人在工作场所经常眉来眼去。""什么叫眉来眼去？眉字怎么写？""查字典！"我写好，他说再抄一遍。我爸实在忍不住过来说："大头你有完没完？就是把经理干下去也未必就会给你干！"他说："你当我想干这个破物回公司经理，我就是看不惯他这么个搞法。没多少了，有几个错别字，再抄一遍就完了。我教你儿子写作文你还不打酒谢谢我？"我又抄了一遍，他看了很满意，笑眯眯地走了。

过了没几天，他抱了一摞书来送给我，有《呼延庆打擂》《封神演义》《三侠五义》《聊斋志异》。他得意地说："不让你白写，来！送你几本书，好好学人家怎么写的，你看看《封神演义》上面那个纣王，那个经理就跟他差不多，你就照着他套。"我翻了翻说："看不懂，都是老书。""多看几遍就懂了，来——今天还帮叔一个忙，上次没告倒他。还得接着写！"我爸彻底爆发了，他说："老冯你给我走！咱家不欢迎你。你这是干什么呢？好汉做事好汉当，古代武松杀了人，还在墙上写'打人者武松也'！你这藏在后面，让个小孩子给你写匿名信算怎么回事？"老冯站起来说："多大点事情，你至于吗？不就三子字写得好点。好，走了！八抬大轿请我都不来了！""书拿走——"冯大头理也不理，扬长而去。

我爸就这样跟冯大头闹翻了。他留的几本书我倒念得烂熟，尤其是《聊斋志异》多看几遍也懂了，古文没有想象的那么难嘛！很多年以后，我在街上遇到黑蛋，他在南方一个大学当教授。我问他爸最后当上经理没有，他说没当上，最后待遇相当于正处级，他爸印了名片——"办公室主任"，名字旁边有个括弧印着"相当于正处级"……没说完他先笑起来，我也笑得够呛。他说找个机会把两个老同志叫到一起，多大点事情呀！后来一直忙也没顾上。

我大爷办报纸

我大爷在民国快要结束时办过一份报纸。

报馆在芜湖，夜深人静的时候，能听到江上小火轮凄清鸣笛的声音，他就给报馆起了一个很大气的名字，叫什么《长江日报》。报馆的股本，是找几个米行的老板凑的。我大妈的父亲是个专员，管好几个县。人家不看僧面看佛面，声明办一年试试看，第二年如果亏本就抽回股本。小地方能有什么新闻？无外乎张家老屋闹鬼、马家姑娘跟人私奔之类。报馆十几个人，他是社长兼国际部主任。我问他："你们向国外派记者吗？"他说："派个屁记者！哪有钱？每天让一个人守在收音机旁边听听，将重要的东西记下来，然后汇总给我。我一只手吃花生米，一只手写，就把一天的国际新闻给编了。"

"国内我们外埠也没有记者，也靠听收音机。""那人家买报纸的人，不会买收音机？为什么要买你报纸？""你傻呀！一般人家收音机他也买不起。我们这个报纸，那些国际国内的，就是一个配头。跟买肉似的，搭一条肉显得好看。人家买了报纸，最主要还是看本地的新闻，看文人打笔仗，看稀奇古怪的事情，以助谈资。人长嘴干什么？不光吃饭打呃的，最重要还是要讲话。"

"那时芜湖的早上热闹，茶馆里的人像山一样，挤都挤不动。到处都是说话的声音，耳朵里嗡嗡响。做生意的讲生意谈行情，也是约到茶馆里，请媒人谈婚约也是在茶馆里，连打冤家讲和也是在茶馆。茶馆里面三教九流什么人都有。条凳上坐得人挨人的，跑堂的拎着大铜壶跑进跑出，一路跑一路喊：'烫着——烫着！'茶馆的柱子上也贴着'莫谈国事'，黑字都褪了颜色也不换。莫谈国事，你叫他不谈他就不谈？偏偏小声叽咕，弄得很神秘的样子。'国军徐埠会战打吃了亏。''不是的，报纸上说是共军已经被打跑了。''跑个啥，马上都朝我们这边来了——'"

"你们报纸登这些东西，没人找你们？"

"也找，不过党部里都是熟人，一说都认识，请吃吃饭送送礼，一天的云彩都散了。我晚上把国际国内新闻编完，交人下印厂，剩下的时间都是约了作者在茶馆聊天。"我问："这些作者都是当地的？""当地的，我把他们分为两派人，一方叫好，一方说好个啥，也骂共也骂国。到了新中国成立后，叫好的人真的好了，说不好的都倒了霉，倒霉的恨我都恨毒了。"我想想这个跟现在做自媒体的差不多。我接着问他："报纸的收入主要靠什么？"

"广告和卖报纸呀！也有副刊。副刊不给钱，找几个文人做连载武侠，仿照《蜀山剑侠传》打他一两百回，有时作者都死了，书上的恩怨还没了结呢，再找个人接着往下编。当地的小文人都有点小嗜好，人又清高古怪，找他们不在妓院就在烟馆里，找到了人张口就问：'上回写到哪里了？''写到——杨铁花抱拳当胸说道：不知来者何人，请报上名来，杨某刀下不死无名之鬼！'这个人抬起头想了一会儿说：'是不是到了四十二回了？'叫人拿一支笔来，在嘴上舔舔，马上开工：'杨铁花刀劈钻天鼠，胡翠英私订穷书生。'一般小散文找学校的教员和闲杂人等，端午就写端午节，考证一下蛇为啥不能吃雄黄酒，划龙舟这个风俗怎么来的……不给他们钱，只要登了他们就快活得了不得，自己买个一百张二百张送人。名字上了报，就给自己起个'静轩''朴斋''讷存'之类的名号，摇着折扇，上面画几笔兰竹，也能跻身小城文化人的圈子。"

"报纸上广告登哪里饭店开张了，'新聘得扬州大师傅，擅长烧软兜长鱼、蟹粉狮子头'。比如沿江楼酒店开业，广告词是这样的：'沿江楼酒店为谋饮客之高尚娱乐起见，故备唱机，常有悠扬之音乐及婉转歌声。酒店可俯瞰江景，把酒临风人生何极！该酒店时菜一角起售，点心更有低至四分者。光顾者既享口福又享耳福，因是群众无不乐道云云——'"

"如果人家不来打广告呢？""那不怕，我们也有招。过几天我们本地新闻就写沿江楼酒店卫生堪忧，据本报记者侦得沿江楼酒店后厨污水横流、鼠迹纵横。前日有食客在沿江楼聚饮后腹痛如绞，险丧性命，皆因菜品不洁所致，望仁人君子自重！""你不怕人家饭店找你算账？""怕什么，我抽屉里有手枪，来就跟他们干。""他们找黑社会呢？""我们也找，茶馆里一坐都是熟人。做生意的和气生财，他犯不上跟我们做对头，来登一个广告，花钱消灾罢了。"

我大爷沉浸在往日风光的回忆中，他架起二郎腿说："那时你到码头说到高三爷，没有人不知道的，坐上车人家给你拉报馆来了。我那时穿一件熟罗长衫，早上到了茶馆门口一站，跑堂的就喊：'三爷楼上请——'然后一路都有人接力招呼：'三爷早呀——''三爷楼上请啊——'别说是人，就连狗见了我都躲。到了茶馆，有一套我专用的茶壶、茶碗，泡上黄山毛峰茶。我掏出一个象牙的烟嘴子，装上一支'老刀'牌香烟，慢慢抽一口等着作者送稿子来。要一笼蟹黄汤包，一碟凉拌千张丝。除了过年，我很少在家吃饭，省得受你大妈的气。她会做什么？一天到晚不是蒸茄子就是炒萝卜丁，烧个毛圆汤要大半天。"

我大爷离休以后住在合肥，八十多岁了，经常骑辆破车上我们家来玩。说是来玩，实际是蹭饭来的。他都是赶着点来的。快到吃饭的时候，他抬屁股要走，我爹能让他走？每次又要苦劝，像捉强盗似的捉回来。如不这样，他又要出去讲我们家礼数不周。有一次给我看相，端详了半天徐徐地说道："穷气入骨。"我问他为什么穷气入骨？他说："做人不随和。"话说得他好像多随和似的。依我看他就是让我大妈骂少了。

我大妈话少、做事慢。听我爸说她十七八岁不会穿衣服，都是家里用人伺候的，坐在床上就有人来给她穿衣梳头，穿好衣服梳好头，拿一面小镜子在后头照，反射到大镜子里，她看了满意才去吃饭。后来嫁给我大爷这个"现世活宝"，生活就一落千丈了。她老是说自己父母瞎了眼，说跟了我大爷就没过过几天好日子。

我大妈做事情像只树懒，说话也像。我大爷如果不在家，家里一点声音也没有。她做事都是轻拿轻放。比如有时我到他们家送点什么土特产，她见面慢慢悠悠地说："来啦——家里都好吧？"然后一个一个问，每个人都问到了才说："你坐一会儿，我去给你泡茶。"我说："大妈你别泡了，我走了——""你是客，茶怎么可以不喝？"我到书房坐了有一刻钟，见我大妈茶还没泡好，就知道她在对付该死的茶叶筒。我进去说："大妈还是我来吧！"我找了个硬币一撬，把茶叶筒撬开。"咦，我怎么没想到呢？指甲抠生疼。"我抓了把茶叶扔杯子里，就准备到厨房倒开水。她跟在后面说："水是昨天的，你等一会儿我给你去烧啊——"我焦躁地说："我走了——有点事，等大爷回来让他泡吧！""你跟你爸一样，也是急性子。"

我大爷有一班诗友到家里来吃饭，大妈打电话来让我和我爸去陪客。那次我不知道中了什么邪，在那里等到一点钟，没见饭菜上来，肚子饿得咕咕叫。我跑到厨房四五回。我大妈正在做拿手的毛圆汤，她像怕肉被切疼似的切着。她问我："是不是饿了？"我说有点饿。"不要急啊，好饭不怕晚，我从一大早就忙到现在，脚都站肿了。你到外面等一会儿，喝点茶，饿了吃点饼干。"我又回到客厅，我爸把我拉到一边说："你不如回家热点剩饭吃吃，看这个情形，不到三点吃不上饭。""中饭晚饭一起吃了？我先闪人了！"晚上我爸回来，我问他："毛圆汤好喝吗？""好喝！后面的几个素菜还是我做的，把几个老头饿得够呛，说下次打死也不到你大爷家做诗会了！"

我大爷认识一个新朋友，就要给人家写一首诗。如果你唱和得恰当，他跟你就继续来往，没有唱和就拉倒。我当时跟一个老师学画山水画，他请我带他去认识认识，去了之后在桌子上找了一条宣纸，就给人家写一首诗，大概意思是恭维人家画得好、师德高尚之类。人家也郑重地收下并且表示了谢意，可是他过了半个月后，见和诗没来，就悻悻地说："太无礼了，我作诗送他，他为什么不唱和一首呢？"我说："人家不会作诗。""不会作诗还画个鸟山水画！"

两个女老师

有人说"回忆"是老年人的一种专利，但是这种专利给了许多人极其广大的想象空间。钱锺书先生在《围城》中曾说过，日本的侵华战争给了逃难到大后方的很多人以前"阔"过的理由，他们回忆说以前家里多么阔绰——如果不是因为日本人。所以回忆这种东西极其不可靠。有的不可靠是因为时间，随着时间流逝，细节丧失、人物丧失都是情理之中的。而有些不可靠是人为的因素。比如我们同学会中某位"学渣"，忽然说起从前在学校时自己成绩如何优秀，那他一定是选择性遗忘。他忘了是某种机缘，使得他与我荣幸地聚集到一块。从小学到初中的各种考试像个筛子一样，老师精心挑选出金子、银子，甚至废铜烂铁也不放过，等到实在没有办法筛选的时候，才把筛底里的顽石与沙粒倾倒在一边，使我们紧紧地拥抱在一起了。所以"学渣"关于他成绩优秀的回忆，一定是借助时间展开的魔法。这种鬼扯，可以自我圆满地归结为"社会大环境不好"，是因为"四人帮"，或者父母，或者某位老师不好。如果不是某位老师，八个清华、北大他都考上了。这里面一定没有他个人的原因，如果"学渣"能反躬自问，他一定不会沦落到这个伤心地方。

我的一位"学渣"同学就将他的数学成绩不好归到万老师身上，他说他是因为万老师没有好好教学，他才没有考上大学，不然——后面是许多关于他考上大学之后的美好假设。总之都是当官、发财、住大房子、娶漂亮老婆之类的梦话。其实他的数学才能与我只在伯仲之间，我可以保证，就是换他和华罗庚睡一头，数学也不会好。他跟我一样，属于遗传基因有缺失，他总是不肯承认这一点。

我本来在一个"次渣"的学校上初中，结果这个学校撤销了，于是把我转到这个"准渣"的学校来上初二。上课第一天，班主任杨老师把我介绍给全班的同学，我这时听到座位上发出哧哧的笑声。小学时出了名的"坏种"云集于此，里面有"二坏蛋""老扁""翻译官""一撮毛"，他们在下面挤眉弄眼。杨老师大概是看出我与他们的"深情厚谊"，就问我："你跟他们认识？"我说："不熟！是小学同学。"杨老师看我一眼说："在我班上老实一点！不然看我怎么收拾你。"下课以后这几个"坏种"一拥而上，勾肩搭背，摸头踢屁股，纷纷说："这谁啊？我跟你不熟呀！"让我有一种鸟归山林、鱼游大海的畅快。

教我们数学的就是万敏老师，她刚从师范毕业就接了我们这个硬茬子的班，上课的时候经常被我们班的几个"坏种"弄哭了。

万老师长得很漂亮，有点像日本的广末凉子。她在黑板上写题目的时候，听到下面闹哄哄的，一转身声音停了，然后转过去再写的时候下面就打起来了。"老扁"骑在"翻译官"身上拳头雨点一般地落。万老师冷冷地看了一眼，把数学书往讲台上一扔就出去了，临走的时候说："你们什么时候打好，班长来喊我一下。"最后还是班主任杨老师来才能弹压得住。杨老师让打架的同学放学都不许回家，其他同学带信给他们的家长。"老扁"的爸爸在工厂做钳工，不管什么样的铁与钢到手里都随方就圆，收拾他还在话下吗？出了学校门就一顿毒打，把"老扁"踢得在地上乱滚。"翻译官"被他爹追着在学校操场跑了好几圈。后来他爹看他实在不是读书的材料，初三下学期就让他当兵去了。

我们这个学校一半是工厂子弟，还有一半是运输公司的子弟。对念书，家长都不是太上心，考不上高中早早就业，正好为家里减轻一份负担。爸爸或者妈妈退一个下来，让孩子去顶职。班上常常上着上着就少了一个，一问，有人说某某上班去啦！有一次初冬季节，过马路的时候一辆"解放"牌大卡车狂摁喇叭，驾驶室里伸出一个脑袋，原来是三班的"王歪嘴"，旁边坐着他的爸爸，也是他的师父。这爷俩不知道往什么地方送货去，他把车靠到马路边。我们站在那里聊了一会儿。我问他："开车怎么样？""比上学快活多了！没作业，送货到货主那里，汽水、西瓜随便吃。"

我们可怜的数学老师才出校门就教这一班学生，难度可想而知。她与顽劣的学生对视，学生抱着手臂四十五度角斜视天花板，她的眼泪就不争气地滚下来。顽劣的学生总是以顶撞老师为荣。当老师摔书而去的时候，班上就起哄。我们班主任承担着为她弹压"宵小"的任务，时间长了也啧有烦言。他说："小万老师呀！你要立威，不立威你这个课怎么上？不能老是哭，一哭学生认为你拿他没办法。"她带着哭腔说："那我怎么办？总不能打他们。""你看看余霞老师，上课连根针掉地上都听得见。你去问问她，跟她学学。"这下万敏老师更是抓狂了，她说："我怎么学得了她？她那个身手，男的都打不过她。"

余霞老师教我们地理。她上课之前背着手往讲台上一站，然后把眼睛抬起来向四周放出一道威光，教室里立刻鸦雀无声。范大宝有一回假咳嗽，被余老师听出来了。她慢慢走到范大宝面前问他："你嗓子塞了驴毛了吧？到外面咳好了再进来。"范大宝准备用强，余老师一把拽住他耳朵就这样把他牵到教室的外面，她说："你在这里给我咳好了再进来，动一动你试试？"有一道题目是"北京早晨八点的时候，纽约几点？"她让我们班上出名的几个"坏种"上讲台回答，回答不出来，靠墙站好，然后余老师摆好姿势，一人教育他们一下。"一撮毛"捂着肚子慢慢蹲下来。余老师一声断喝道："给我站着！我才用三成力，就你这种还装痞学油的？谁给你的胆子？我不怕你回家告诉家长，你爸来了也一样。"

余老师的身手全校师生都见过，她爸是我们本地出名的武师。学校开联欢会，她代表老师团队给大家表演"八极拳"套路，在台上打得虎虎生风、烟尘陡乱。台下的学生看了个个头皮发麻，这要是被她砸一肘或者踢一脚可是玩的？体育李老师身高一米八几，有一次跟她开玩笑说是比试比试，余老师身形一矮贴身一靠，李老师就摔出去好远，幸好后面操场上放着垫子，要不然非给他摔坏了不可。她有点"假小子"的脾气，学校的女老师都嫌她莽撞，对她敬而远之。

她没有打过我，这个我保证没有记忆误区。我喜欢地理课，看着地图可以作纸上旅游，古代人称之为"卧游"。她是工农兵大学生，插队在皖北。有一次上课的时候不知道怎么说起了红薯。她说红薯引进到中国非常了不起，在红薯引进来之前，中国历史上人口从来没有超过一亿的。说着说着她就岔到红薯吃多了如何不舒服，如何爱放屁。我们班"橡皮脸"听了就记在心里，放学的时候，他看到本班几个女生围在烤红薯的炉子前面买红薯吃，就很关切地走上前去说："余老师说了，红薯吃多了爱放屁。"女孩子回他："关你屁事！"

杨老师让万老师找她取经,这怎么个取法嘛？无论是从气质、个人体质上都是差得十万八千里。后来上课的时候，万老师把题目抄在黑板上，讲一遍。她完全不看下面，我们闹我们的。讲完之后，她就坐在最后一排一个无人的座位上读自己的书，听人说她在准备考研。有时候课堂纪律实在太差的时候，她站起来冷冷地看一眼，拿着书到教室外面的走廊上去看。等到下课铃一响，她就回到办公室。她在办公室也不大与同事讲话，喝着白开水望着窗外，不知道她在想什么。后来她不知听班上谁说的我集邮，就把我找到办公室去，说有空的时候带邮票本来给她看。我就把一本破烂的相册改成的邮票本带给她看，她从抽斗里拿出一个小镊子一张一张夹出看，说："怎么可以弄得这样乌七八糟的？"我的邮票都是将信封泡在水里，然后揭下来的。上面打着邮政局的邮戳。接着她拿出自己的邮票本，很精美，有生肖票，也有戏剧和运动的邮票，分门别类，整整齐齐的。她说："你的语文和地理我听人说很厉害，为什么数学上不下点功夫？这么偏科，怎么能考上大学？"我说我没有想过考大学的事情，她说："一个人应该上大学，上了大学，眼界和认识就不同了。"过了一会儿她说："我这里有许多邮票有重样的，喜欢的我送给你。"她送了我不少有香港维多利亚女王头像的邮票，然后拿出一个新邮票册说："喏，这个给你。别天天跟班上那几个不念书的在一块玩，他们都自我放弃了，你知不知道？以后放学了，数学上有什么不懂的问题，可以到办公室来问我。"我数学上不懂的问题太多了。有好几次万老师叫住我想说什么，后来又走掉了。

班主任是我们的语文老师，因为我屡次代表学校参加作文比赛，总能获奖，他与我关系很好。有时下午自习课我到办公室跟他说一声，他就同意不上了，然后全班男生到校外踢足球。有几次他还兼任门将。推自行车卖冰棍的来了，他叫住数数有多少人，然后一人一根。后来离开学校很多年，我们还保持联系。

初三万老师与余老师都不教我们了，她们转回头教初一。有时我在校园里看到万老师，她微微一笑，我就低头跑掉了。初三升高中考完了以后，我就到农村里去了，毕业证也没拿。暑假结束以后，我到学校找班主任拿毕业证，他说："万老师不在了！"我问是怎么了。他说："投江自尽了，太年轻了！可惜！"我问为什么。他说："这个孩子心气太高了，不想当老师，一直在考研。她在学校人缘也不好，独来独往的。她自己瞧不上学校的各种职称评定，但是评不上自己又气。后来谈个男朋友，好像是复旦大学研究生。这个男的嫌她文凭低，她自己跟自己较劲。考研想离开学校，考了几次没考上，今年的失利成为压垮她的最后一根稻草。家里人为了让她散散心，带着她到三峡旅游，她就在游轮上直接跳到江里去了。"我听了半天没有说话，老师翻出毕业证给我，问我将来打算干些什么。我说："回农村老家养鸡！"他听了大笑，说："那将来我有鸡吃了。"

这么些年过去了，万老师留在这个世界上的痕迹，可能只有我邮票簿里的几张邮票了。余老师教完我以后又教我妹妹，有一次家访她见到我很高兴，上来在我肩膀上拍了几下说："长高了嘛！大小伙子了！"她走了之后，我妹问我："听说余老师很厉害？"我说："是的！我们班上几个人都打不过她，你最好小心一点。"我妹听了，咬着手指头愣在那里。

季老师

　　一般来说，能给老师留下印象的学生，一种是特别优秀的，一种是特别顽劣的。我给小学三年级季老师留下的印象，肯定是："朽木不可雕也！"一个学期跟人干架，能打坏两个部队用的黄书包。这个黄书包除了装课本之外，另外一个用途是装砖头。她有一次把我叫到办公室，让我把书包里的东西倒出来。里面除了像猪油渣般的课本，还有钓鱼的渔线、弹弓、弹球、一副球拍。她问我："你这是来上学的？"我不看她。她往椅背上一靠，长叹一口气说："从明天开始，放学不许回家。直接到我办公室来，作业就在我这里做，做完了再回家。你以为我不知道你上课在想什么？你一定在想和张红叶他们去摘桑果子，什么地方搞点废铁去换包子吃。是不是？"我没说话。她接着说："放学作业写完了，在这里练字，你看你那个字写得跟鳖爬似的……"

　　我们这个小学，老师有点两极分化。一部分是下乡知青推荐上师范，后来想办法调剂到这里来的。还有一部分是从北京、上海因为各种各样的原因弄到这个地方来的。季老师是家庭成分不好。她家过去是在上海开小五金厂的，她是随老公调到安徽来的。她老公在本地一所大学当老师，大学里没有给他分房子，她老公还跟着她住学校分的两间屋子。

季老师教我语文，她写一手漂亮的板书。她的父亲是上海一个小有名气的书法家。她的父亲一年中有半年跟她一起生活。这个老先生不大跟人接触，本地话他听不太懂，他说话人家也听不懂。老先生起来很早。早上起来先沿着护城河边走一圈，然后手里拎着早点回来。季老师把他的茶泡好。如果天不下雨的话，就在院子里放一把藤椅子，老先生坐在那里慢慢吃喝。一直弄到九点多钟才回屋写字。有人上门来求字的，他先声明，只写毛主席诗词，别的一概不应。

季老师的老公走路也是轻手轻脚的，用我们当地话说："走路怕把蚂蚁给踩死了。"不管是大人还是小孩与他目光接触到，他都是微微点一下头，像是打招呼又像是很抱歉似的一笑，马下就把目光给低了下来。

季老师在学校跟其他老师接触也不多。我被她"圈"到办公室里，其他老师高声地聊天说笑，她一边批改作业，一边时不时用眼睛的余光看我在干什么。灵璧师范毕业的王春风老师说她在皖北天天吃红薯，红薯吃多了肚子胀气，放屁都放出音乐节奏来了！她一边说一边学，我听了乐不可支。季老师听了微微一笑，摇摇头，马上脸上露出一副漠然的表情。

王春风老师走到我旁边说："季老师，像这种学生，你费那个劲干吗？上课捣蛋叫他家长来，要不就打！我叫学生给做了一根教鞭，有这么粗，一鞭下去一个包。我们班别管怎么闹，我一进去鸦雀无声，你用我这个办法，包治！"季老师听了很迷惑地看着她，王春风老师很认真地点点头："就这么办！"然后她又转到别的老师办公桌，问："中午吃什么？"

如果是冬天，季老师改完作业，就从抽斗里拿出一个小篮子。小篮子里有几团各种颜色的毛线。她在桌子上摊一本《毛衣结法一百问》，偶尔低头看一眼。季老师的手很巧，学校女老师打毛衣，有时收针收不好，都是来问她。有的人手笨，她就干脆接过来打完了还给人家。她把老公上一年穿的毛衣拆掉，添一点线换一个式样。旁边的人都觉得很可惜地说："这个式样多好看呀，你真是不怕费事！"她微微一笑说："还是旧线，重新结一遍，终归是要暖和一点。"

季老师这一家人活得很谨慎。她有一个女儿在上一年级，我的印象中就是瘦，眼睛大，很少说话。她在办公室里，别的老师大笑、拍桌子训学生的时候，她就显出很惊恐的样子，走去偎到她妈妈身边。

我在办公室练了一个学期的字。季老师把我的字拿给她家老爷子看，老人家说写得不错，可以练练毛笔字。季老师家访的时候，把老爷子的意见跟我爸说了一下。我爸爸很激动，大概因为我很少被老师这样隆重地表扬过，就带着我到书店买了一本影印的《唐人小楷写经》，是敦煌经生体。我把字帖拿给老先生看，他说也没别的帖，这个也行吧！约好星期天上午把写好的毛笔字给他看。我爸托人从乡下买了些鲫鱼和鸡蛋，送给老先生作为礼物，老先生执意不收，把鱼退回来，鸡蛋留了下来。那个时候鸡蛋要凭票，确实也不太好买。

我跟老先生学了一段时间，打了一点底子。后来学校晚上在教室里办了一个书法培训班。这时候书店的字帖也多起来了，老先生建议我去买一本颜真卿的《多宝塔碑》来练。他教了我一段时间后，听说上海落实政策，就回去跑落实政策的事情去了。把我交给他一个本地写书法的朋友，可我不喜欢那个人写的字，去了几趟就不去了。

因为经常到季老师家去，对她的了解比课堂上和在办公室里多一些。她与老公只有一个小孩，在当时这种情况还是比较少见的。她老公在乡下还有一双老人，每个月要寄钱去。她爸爸的厂公私合营，以前还有年息可以拿，后来也停了。两口子的工资要寄三个地方，捉襟见肘。两口子都要上讲台，体面还要的，只好努力在别人看不到的地方俭省。她家的炉子每天晚上煤快烧尽的时候，利用余温烧洗脸水、洗脚水。第二天一早起来重新生火，可以省一块煤。老公的毛衣拆下来的旧线，她添点线给自己结条围巾。

季老师上课的衣服虽然旧，但都洗得非常干净，还有一点"淮南"透明皂的香味。冬天的时候，她一周的围巾不重样。学校老师说她到底是上海人，"洋气"。其实不知道她维持这点"体面"背后的辛酸。有一段时间，学校里的女老师时兴一种女式的"坤表"，她没有。她要控制上课的时间，就带着一块怀表来上课。上课的时候，她觉得有点不好意思，偶尔掏出来看一下，会发出"叮"的一声。我很喜欢听这种清脆声音，因为过不了多久，她就要宣布："下课！"这样我好第一个冲出教室，去"霸"水泥球台。学校只有两张水泥球台，去晚了就没了！

季老师只教我一个学年。四年级的时候，我们的班主任换成了数学老师何老师。何老师很严厉，学生都怕她。她喜欢屈起指关节，在你头上一通猛凿，像鲁智深凿镇关西一样。不过在何老师手里时，我数学是有史以来最好的阶段，她竟然有办法让我享受到数学的乐趣。只有她认为我很聪明，认为我应该考一个清华、北大，让她与有荣焉。成年以后，我在街上遇到她，她在街上也武声大气地这样说，让我恨不得找个地缝钻进去！

季老师的晚景不好，听我的同学说，她老公后来与大学的一个学生恋爱，跟她离婚了。退休后，她回到上海随女儿生活。有一回同学会，他们联系到季老师的女儿，她说季老师已经瘫痪在床上，不能走路了。现在又过去了这么些年，季老师怕已经不在人世了吧！她是我这辈子接触过的最有"师道尊严"的女性，愿她的灵魂升入天国，或者在地母的怀中得以安眠！

桑叶

老鲍的农场在郊外的一座山里，去那里的路高低起伏，有点像《非诚勿扰》里的北海道一样。路两边都是桑园，初夏季节桑树上挂满了紫红的桑果子。这几天郊外的几个镇都在打造什么"生态旅游"，沿路种了不少金鸡菊和虞美人，公路两边的树木都长得合在一起。路上除了偶尔遇到骑着三轮车从地里拉油菜籽的老头、老太太，基本上没有什么人。路边树木缝隙中可以见到远处的麦子熟了，再过段时间就可以开镰收割了。空气中有一股好闻的柴草的香味。老熊感叹说："如果在乡下有块地就好了，想种什么种什么。"我问他："老鲍在这里有多少亩地？""他承包了四百多亩，还有几十亩的水面养鱼。""那不累死了？""请人，不然怎么忙得过来！"

老熊认识老鲍的地，到了以后直接带我们下地去采桑葚。养蚕的桑葚就是看着好看，其实并不甜。中午的桑田里热得跟蒸笼似的，汗滴到眼睛里刺得眼睛都睁不开。我采了有一斤多，喊老熊："哎——不干了！要中暑了！"远处听到他说："我采点回去泡酒！等我一会儿！"我采到田埂尽头收不住脚，掉到塘里去了。我拎着湿淋淋的裤管从水里出来，坐到树下。过了大概半个小时，老熊满脸通红地从地里出来："不搞了，要中暑了！"

"种这么多桑叶，蚕一天要吃多少？""这个我不知道，等会儿老鲍来了你问他。"我把裤子脱下来搭在树枝上晒干，老熊给老鲍打电话："你在哪块地里，我们来看你！"他放下电话对我说："老鲍在来的路上，我领你去他养蚕的大棚看看。"

养蚕我在上小学时干过，一个同学给了我三五条，我养在铅笔盒里。说是等到蚕结茧抽丝，可以放在墨盒里。学校那会儿也写字，也不叫什么书法课，就叫"写大字"。写大字那天，大家拎了各种各样的文具到学校来，有拎墨盒的，有使砚台"咕叽咕叽"磨一节课一个字也没写的，还有拎着墨水瓶来的，手弄得跟乌龟爪儿一样。最讨厌的是我的班主任杨老师，背着手趁你不注意的时候抽你手中毛笔，他这样一抽，准弄你一手墨汁。然后就要训你说："毛笔都拿不牢写什么毛笔字？"然后又说王羲之写了几缸墨才把字写好，涮砚台的墨水把门口的塘水都染成了黑色。我们又不当王羲之，给我们说这个有什么用？他说了一通以后，就跑到教室外面抽烟去了。同座位的王翠英给了我几条蚕，她说等蚕吐了丝，放在盒里，墨汁就不会晃出来。她顺手从书包里掏了一把桑叶送给我。蚕这个东西能吃得很，一晚上就把这一把桑叶吃得丝丝缕缕的。第二天我问王翠英要，她说自己的也不多，让我自己去找桑树采。

我问她哪里有桑树？她说放学以后带我去找。放学以后我俩跑到环城马路找好久也没找到。走累了，我们坐在环城的草坡上休息，两个人坐得很远。我们那会儿男生女生之间不大讲话。课桌上都要画一条线，谁胳膊超过这条线，另一个人会毫不客气给你拐回去。我问她："我的蚕没有东西吃，现在会不会饿死掉了？"她坐在下边点点头，想了一会儿说："我家门口有桑树，明天我给你带点叶子来。"我说："嗨！你家门口有桑树，你带我跑这么半天干啥？"她脸一下红起来，支支吾吾地说："我们家桑叶不给人打，我妈采下来要去学校门口卖。"我想起学校门口一个中年妇女，早晚用个大筐子在卖桑叶。春末夏初有时还卖不知从哪里兑来的小鸡、小鸭子。她妈卖的桑叶是两分钱一把，秋天的时候卖野板栗和拐枣，用一个大酒杯做量具。我问她："没有见过你们讲话。""我妈忙！她没时间理我，我放学回去还要带弟弟。""是不是不好意思？"她脸又红了起来，一直红到脖颈儿："你到班上别跟同学说。"我说："我知道。""我们拉钩。""好！拉钩就拉钩。"

王翠英她爸爸在搬运公司拉板车。学校有时开家长会，她爸爸送完货过来，板车就停在学校传达室门口。她爸跟学校传达室的老张是老乡。她爸爸大概很喜欢喝酒，我在街上经常看到他板车的把上挂着半瓶酒。老铁道那边有个大坡，他送沙石到那边的货场，就在坡底喝几口然后往上拉，整个身体绷得像一张弓似的。

后面有一个已经上完坡的工友帮着推。夏天马路的柏油熔化了，王翠英她爸爸就把鞋子挂在板车上，赤脚粘上柏油，都黑漆漆的。她家住在河边一个棚户区，都是小瓦房，有些破的地方就苫上了草。我爸说这个地方是好几个省流窜的"地富反坏右"，或者是国民党遗留人员。但我看王翠英的爸爸圆头圆脑的，很和善，不像个坏人。学校要我们学雷锋的时候，我们在老铁路那边帮他推车，上到坡顶他还停下车说"谢谢！"，说我们都是小雷锋，给我们一角钱，让我们去买冰棍吃。我们做好事都不留名，所以没人要他这一毛钱。棚户区的人不愿意把钱花在住和穿上，但他们在吃上很舍得，他们嘲笑我们当地上海内迁的工人，一家的家当穿在身上，"不怕家失火，就怕掉茅司"（茅司就是厕所）。

他们拉板车收入不低，除了公家的活以外，还帮人搬家。有时把外地采购员买的机械配件或者重的货物送到车站、码头。他们都有一笔"外水"。晚上收工的时候，板车把上左边挂着一瓶白酒，右边一包卤猪头肉。回家一个人独吃，小孩子不许上桌。理由是"你们吃好的日子长着呢，我们吃好一点是为了明天干活，不是馋！可知道？"有的好一点的带着老婆吃，老婆终究还有些舍不得孩子，就劝他："猫尿喝差不多啦！去睡吧——"然后孩子从暗角里一个一个像鱼一样地露出头来，妈妈把碗里的残余一人分一点。五六个人嘴都油光光的，能睡一个好觉。他们的生育力都惊人地旺盛，每家都五六个，有的七八个。这些人都是改革开放后优质的人力资源啊！这个时候都捧着缺边碗，眼巴巴地看着母亲的筷子。碗里就那么几块筋头巴脑的肉食，母亲比耶稣分"五饼二鱼"还难。我班上一个男生有次在外面"跑反"，做了一段时间"流浪儿童"，过了一个星期他妈才发现少了一个。所以生活的豪迈粗放可见一斑。

王翠英家孩子也不少，她在家里行二。上面一个姐姐在上初中，下面还有三个妹妹。三个妹妹都没有上学，她放学回家除了洗衣服，还要做饭，而且她妈妈肚子又鼓起来了。估计她爸不生个儿子绝不收兵。我们在班上不讲话。有一次，我看到她用一截竹管子套着一支短得拿不住的铅笔写字，我悄悄递给她一支"中华"铅笔。她看了一眼，又轻轻地用胳膊肘推了过来。我又轻轻推过去，她拿在手中很感激地看了我一眼。过了几天，她上课的时候往我口袋里倒了许多炒熟的野板栗。我看看她，她一本正经背着手看黑板。有一阵子学校男生害"大腮巴"，就是忽然嘴巴肿起来，不能吃饭又不能喝水，传染性很强。王翠英妈妈就在学校门口卖自己做的香囊，说是可以预防"大腮巴"。有用没有，谁也不知道，但我们学校男生脖子上一人套了一个。教室里面有一股中医铺子的味道。王翠英让我不要买，她送了我一个。我戴了两天因为闻不惯这种味道，就不知道扔到什么地方去了。

因为养蚕我们俩走得很近，有时候放学她约我到学校附近一座铁桥旁边。她把自己养的蚕给我看，她的蚕养得白白胖胖的，有的开始结茧了。我的则长得不好，她说蚕夜里也要吃东西的。我说我夜里睡得像死猪一样，结不结茧随它去吧！她说："我帮你养吧！等到结茧抽丝，我把丝给你——"这时候我忽然听到身后一阵哄笑，我们班几个男生在后面起哄："要吃喜酒喽！大马跟王翠英头对头！""两个小流氓被我们抓住啦——""大马"是我的绰号。我抓住领头起哄的人，他绰号叫"牛肉干"。我们俩打得难分难解，后来我把"牛肉干"打哭了，自己也哭了起来。王翠英顺着铁桥往后倒退，退了大概有十多米远，她转身跑掉了。围观我们打架的男生还在起哄，他们嘴里喊着："哦——哦——耍流氓被我们抓住了——"

经过这件事情以后，我与王翠英之间变得很冷淡了。有时她问我一句话，我装作没听见。她见我不理她，就在一张纸条上写着："蚕结茧了！！！"还加了三个感叹号。我把这张字条一把抹在地上。她见我文具盒超过中间画的线，就一把拿起来扔到地上，铅笔和橡皮滚了一地。后来我们俩就在全班同学面前打了一架，她揪着我耳朵，我抓着她的衣领。肩膀上她妈妈缝的杂色布被揪得裂开了口子，两个人都面红耳赤。她仰着头努力不让眼泪掉下来，一直持续到打上课铃。还是杨老师进来的时候把我们分开，他用尺子在我头上连续敲了好几下说："松开手，打上课铃了还打架！你们俩调一下位子。"王翠英不动，我调到班级最后一排。调了位子之后，我们再无交集，遇到的时候都把脸掉过去，或者热切地跟旁边人讲话，无视对方的存在。

那一年下半年，我转学到另外一所学校去了。在新的学校，我认识许多同学。有一个叫"扁头"的人，是王翠英家门口的。

我问他认识王翠英吗，他说："我们两家住隔壁，她妈妈给她生了一个小弟弟你知道吗？"大概他又跟王翠英提到我了，她托他给我带了一团蚕丝，说是我托她养的蚕抽出来的丝。但那时候我们已经上初中了，初中不写毛笔字。这个蚕丝也没派上什么用场。

第六辑 · 它会飞

谢宇昆到现在还常常做梦，
梦到他少年时代住在颐和路和
江苏路他爷爷的家里。
这十五颗弹珠，
在他记忆的深海中
一闪一闪发着亮光。

你敢砸我脑袋吗？

　　我两岁的时候，我爸爸把我放在乡下就回部队了。一直到上小学，我都在乡下跟我爷爷、奶奶、叔叔一起生活。我叔叔结婚生子之后，我爸才把我接回城里。放暑假的时候，我回到乡下，看见我婶带个小孩子。我问这是谁家的，我婶说是娘家亲戚的。我说："怎么老住在咱们家里不接回去？"我婶子现在还经常说起，笑得前仰后合的。

　　接我回来的时候，我奶奶扯了一条蓝竖条纹的棉布，给我做了一个褂子和一条裤子。我叔叔把我送到我爸单位，哨兵看我穿得跟从精神病院跑出来似的，就不给进门，指指岗亭里的电话，让我叔叔给我爸打电话。打完电话以后，我跟我叔就坐在包袱上等人。哨兵过来让我们坐远一点，可能嫌我们坐在门口有碍观瞻。我爸从里面出来，穿一身洗得发白的军装。哨兵看见他敬了一个礼，他回了一个，然后拿眼睛四处看，看见坐在法国梧桐树下的我们。我爸问我叔叔："大包小包带的什么东西？不是让你不要带东西来吗？""花生、晒的山芋干，还有鸡蛋，哦……不讲我还忘了，我看看鸡蛋压坏了没有。"两个人检查鸡蛋，鸡蛋藏在稻糠里，没有压坏。这时候我爸想起了我，用手摸摸我的脑袋。他问我："在家没跟人打架吧？马上要上学了，不能野马似的，要上笼头了！听到没有？"我点点头。我爸说："听到就说'是！'。"

到了城市的新家，家里有许多规矩：听到起床号，就赶紧起来把被子叠成豆腐块；回答询问，要说"是"或者"不是"；洗完脸毛巾要整理服帖，不能往上一搭；自己的衣服自己叠，叠裤子要拿下巴压住裤脚对折，折得方方正正放在柜子里面；每个人有自己的牙刷和刷牙缸子，刷完牙以后要和别人的对齐；铅笔一支一支削好对齐；上课时手背在后面，听到老师提问要举手；放学以后排队回来，过马路跟着旗子走；夜里听到熄灯号要关灯睡觉。晚上熄灯号响了，灯光陆陆续续灭了。白天喧闹的大操场一片沉寂，月光晒在上面。谁的衣服忘记收了，挂在单杠上晃晃悠悠的。

我姐坐在小板凳上剥毛豆，她把我叫到跟前说："以后在院子里，不许你跟在我后面，知道不知道？"我点点头。她说："回答'知道'或者'不知道'！"我说："知道！""那你坐在这里剥毛豆，全部剥完一粒都不许剩，回来我要检查。"许芬在门外面跟她做鬼脸。许芬穿着用她爸黄军裤改的裤子，没有屁股，像包着一团空气，膝盖上还有两个稍深一点的补丁。即使她这样也瞧不上我。她指了指我问："你弟弟？"我姐说："刚从乡下来的。"许芬说："跟'四院'跑出来似的。"当时我不知道"四院"是什么意思，后来在城里待久了，知道是本地一所精神病医院，然后她俩就叽叽咕咕地笑。

在城里我觉得很寂寞。

我一边剥着毛豆，听到大操场上新兵连排长吆喝新兵的声音："你就笨死算了，谁让你同手同脚走的？全部都有——看我！手贴着裤线，一二一……一二一……"我担心我爸也这样训我。这时我开始想农村了，想和三宝一起去钓鱼。钓着鱼的时候，三宝说，我俩去扒泥鳅好不好？我俩把渔竿插好就去扒泥鳅。把水沟两头堵住，拿手往外"勺"水。"勺"完了把手插进烂泥里扒，感觉到手里有什么东西乱撞就一捧，一条泥鳅被捧出来。扒完泥鳅回去看看，鱼还没上钩，渔竿上停着一只紫色的蜻蜓。

吃完中饭，趁着我叔叔睡觉，我们俩就搁附近的河里玩水。我叔叔睡了一觉醒来发现我不在，就到河里找我。我们正在水里玩憋气游戏，他们说："你二叔来了！"我就赶紧潜到水里，我叔叔站在河堤上喊我名字，我在水里慢慢一粒一粒往外吐水泡。他等得没有耐心了，就把我的短裤拿走了。等他走了以后，其他人给我拿来一团稻草，我用这团稻草捂在鸡鸡上，爬上岸，摘两片荷叶，一块挂在前面，一块挂在后面，找根藤子往腰间一系，也能玩一个下午不掉下来。

下午我发现一个好玩的东西：村西头张木匠家种了扫帚苗子。我就去掰了不少，跟三宝坐在地头，用扫帚苗子做眼镜。两个人做好了戴在脸上很得意，彼此觉得对方很像《小兵张嘎》里的胖翻译官。我就跟他说："老子在城里吃馆子都不给钱，吃你几个烂西瓜……"三宝眼尖，他看到张木匠气势汹汹过来了，手里似乎还拿着斧头。他翻身就跑，我随后跟着也跑，张木匠在后面追，一边追一边叫："好狗日的——敢掰我家的扫帚苗，抓住你非把你胳膊砍下来不可！"我们俩跑到小桥上，桥窄，一挤就掉到水里去了。张木匠站在桥上，欣赏了一会儿我们俩的狼狈相，就满意地回去了。晚上我叔叔拿着打牛的鞭子在家等我。我奶奶摇头直叹气说我太淘了，不如送给我爸爸，实在带不了啦！对于爸爸、妈妈、姐姐，我实在没有什么印象。他们每次到乡下来，都穿得干干净净的，我爸的三截头皮鞋擦得雪亮。他给村里的人散香烟，村里人都十分珍重地夹在耳朵上。小孩子咬着手指远远地看着，我爸就问他："你是谁家的，几岁啦？"然后拿几粒糖给他。我姐喊我："脏小孩——你来一下！"我过去，她拿出一块香香的橡皮给我看，这块橡皮像果冻一样。我问她："吃的？"她白我一眼，再也不理我了。她穿着黄红相间、上面印着菱花的裙子，雪白的袜子，系扣的凉鞋。我穿一条义和团红的兜兜，下身基本裸露，连我妈都不愿意多看我一眼。

我爸问我："奶奶呢？"我说："在地里。""你领我去好吗？"我在前面，他在后面。路上我爸爸问我："你会些什么？"我说："会钓鱼，会张虾子，会游水，会扒泥鳅，还会打架。""跟谁打过架？""三宝、张明灯、张明发、三狗子、李狗屎。""张明灯、张明发是不是张木匠的儿子？""是的，他爹上次还把我撵得掉到水里去了。"有黄蝴蝶从一年蓬中飞出来，草丛中有秧鸡跑过去。我爸问我："你跑步怎么样？"我说："跑得快。""那我们比赛一下。"我爸说："让你先跑一段，然后我再追你。""你穿皮鞋跑不快的，我们一起跑——""一、二、三！"我抢跑了，我爸在我后面追。他跑了有一百米，弯下腰摇着手说："跑不动了——你等等我！"我跑了回来说："我是不是很厉害？""厉害！你长大了去当兵。"我说："我才不要当兵。""为什么？""奶奶讲'好铁不打钉，好男不当兵'。"我爸脸上闪过一丝阴影，他想起那年当兵的时候，跟我奶奶闹得很不愉快。我奶奶躺在家里不吃不喝，我爸拎着行李去跟她告别，站在床边，我奶奶把脸扭过去不理他。我爸说："妈——我走了！你自己保重啊！"

我奶奶在菜地里起萝卜，两手泥。她直起腰，看见我和我爸过来，用手搭在额头上看。我爸来到面前喊："妈——""回来啦！在家坐坐喝点水，一会儿我不就回来了？这地里多晒啊。走吧——我收拾收拾就回去。""萝卜缨子还留着腌菜？"我爸问。"这个可舍不得扔……"收拾好了，我爸抢过担子："妈——我来挑。""不轻哎，你可行？""我在部队也种菜喂猪。"我奶奶跟在我爸后面。我爸问："三儿在家淘气吧？""你讲吧！狗都嫌——上下三户没有讲好话的！上次跟张木匠家的大小子打架，把人家的头打破了，流了好多血——""有没有跟人家赔礼道歉？""怎么没有？你爹去的。给人拿了十个鸡蛋，称了一斤红糖。""这个怎么行？回头我去一趟，给人家赔礼。他这样在家里，还成了一个害物了。不行！我要把他带城里去。""还小呢，再等等吧……等大一点，再叫你带去。""唔，明年夏天一定要接走了，你们在家太惯了。惯子不孝，肥田出瘪稻！""我们也不惯他，家里吃什么他吃什么，又没单做。""我听他说，每天晚上睡觉的时候，你让他吃麻饼。""也没吃多少，小半个……""要叫他睡觉刷牙。""农村里哪有这么讲究，他又没吃屎——"我奶奶有点不高兴了，我爸停住了嘴。两个人站在秋阳下，影子拖好长。我奶奶说："人家在外面干工作，都长得胖，你怎么腿像麻雀一样？"我爸说："几百号人，一天烦不完的神，从早忙到晚上，怎么胖起来？""那你还要把孩子带走？""八岁。好吧？八岁上学，我来家接。""讲定了——到八岁你不要来接，我让你弟弟给你送去。"

下午我爸到供销社买了两盒饼干、两斤红糖，又称了一斤狗屎糖。饼干盒上包着一层蜡光纸。蜡光纸上印的图案我至今还记得：上面蹲个老母鸡。老母鸡身子下散落着一堆鸡蛋。狗屎糖是黄褐色的，糖里面有些杂质，有人说是拿甜菜里的糖做的，外面也包着蜡纸，两头一拧，含在嘴里慢慢化成一泡甜甜的口水，"咕"地一吞，很享受！如果一个孩子把糖给嚼了，我们认为他简直是大逆不道了。供销社的人把这些东西用麻绳扎了一摞，我爸对我说："领我到张明灯家去。"我们来到张明灯家门口，张明灯他爹侧坐在凳子上，正在给一根木料凿孔。我爸喊："有银哥——

忙着哪？"张明灯他爹叫张有银。"哦，明昌你啥时候回来的？""上午，上次三子把你家明灯头打破了，实在不好意思。""哎哟，这算什么事。小孩子打架不是很平常吗？你太多礼了，上次三爹爹都来过了。"张明灯他爹按辈分喊我爷爷为"三爹爹"。我爸知道张明灯他爹爱抽烟，又给了他两盒"奔月"牌香烟，弄得他手足无措，恨不得把张明灯抓过来，让我再给他开个瓢才好。他连连说："礼重了！礼重了！"我爸回部队以后，张明灯和张明发比我还惦记他，经常问我："你爸啥时回来？"我说："不知道。"张明灯说："你看公路上有一个骑车的人是你爸吗？"我看了一眼，说："不是的，我爸都是走路的，拎两个大包。"张明发说："里面是不是装满了好吃的？"我说："是啊！都是好吃的。"张明发说："你敢砸我脑袋吗？""为什么要砸你脑袋？""你一砸我脑袋，你爸回来就要给我买好吃的，我们家饼干和糖都吃完了……"

我们三个人看着空空荡荡的大路，觉得生活一点指望都没有。

骑兵与汽水

骑兵走了!

我第一次喝汽水,是沾了一队骑兵的光。记得那天很热,军人服务社门口的树叶一动也不动,蝉在枝头狂叫了一上午。军人服务社门口有一汪脏水,几只猪在脏水里打滚,滚成泥猪疥狗一般。四处吹来的焚风像要把一切都点着,远方枯黄的景物在热浪中翻滚摇摆着。我横躺在军人服务社的石头台阶上,享受穿堂风的一点清凉。这风里的信息极其丰富,里面有煤油、布匹、肥皂、奶糕、牙膏、黑狗屎糖的气味。

快到中午的时候,耳朵里传来有节奏的响声,但用心一听,又听不见了。过了一会儿,这个声音更清晰了——军人服务社的营业员杨翠说:"骑兵下来了!"卖日用品的胖珍珍说:"这么热,他们下来干什么?""谁知道,冬练三九,夏练三伏呗。今天不是中伏吗,最热的时候,就得这样练他们。"胖珍珍说:"三子,你去看看骑兵到了没有!"我起来拍了拍肚子上的灰,站在门口朝响声传来的方向看了一眼说："骑兵下来了！"

西边的山坡上起了一片黄尘，铺天盖地的。打头的几匹马很快到了军人服务社门口，马停下来，卷起的灰尘收不住脚，直往前面扑去。几个人勒住马，胖珍珍出来打招呼说："这么热，你们还出来？"领头的是许排长，他把帽子往脑袋后一推，露出一张棱形脸，满脸的汗，身上像从水里捞出来一样。他把缰绳扔给后面一个战士说："把马拉着遛遛，现在不能让它们喝水，等汗落下去再饮马。"

许排长安排完事情，才跟胖珍珍说："没办法哦，我们当小兵的不就是听人家叫干啥就干啥。借个水桶给我——等一会儿我们人到齐了，打点井水喝喝。你们服务社后面井水好喝，又凉又甜。水不敢让他们喝多了，喝多了人就不想动了！"

后面的几十匹马眨眼之间也到了。有的马跑得刹不住脚，还要原地兜上一圈才停下来。排长一边往服务社走，一边解开衣服，身上的汗"哗"地落了一地。他拽着衣服擦脸上的汗，一边叫过来一个战士说："安子，你也别急着喝水。去看一下，别让马啃了服务社门口的树皮，省得他们王社长骂我。我都有点怕他！"军人服务社的王社长是个瘸子，走起路来像一只鸟要起飞，两个膀子呼扇呼扇的。他是个典型的"罗圈腿"，他的腿专为适应马背生长的。据说他可以侧蹲在马的一边，远看像一匹空马。然后突然跃出来，横推一马刀，人借马力，这一推的力量可以将人推成两半。他是东北靠近内蒙古那边的人。

208

王社长怕热，夏天的时候几乎不出来，嘴里叨咕着："这个鬼地方，有金子吗？没有。有金子也不来，热死！明年，明年夏天我回老家了，说破天也不干了！"他年年这么叨咕，但也没见他搬回老家。胖珍珍说他老家房也没有地也没有，喝西北风还要起早。他就这么天天瘸着走来走去，骂东骂西。他看见我们小孩也是骂："小狗日的！喊一声王大爷，大爷给你颗糖吃。""王大爷！""唉——"他从裤兜里掏出两颗糖纸粘在一起的黑狗屎糖。服务社里只有这种甜菜做的糖，外面包着一层蜡光纸。糖含在嘴里，甜水汹涌地往嗓子眼里灌。他看着小孩子不走，就问他："还不走还想干啥，想屁吃吗？"小孩子慢慢往后退，退到安全距离以后，放声大喊："王瘸子破腰带，一破破到西门外。西门外捡把刀，一刀割掉瘸子的屌——"他听了哈哈大笑，乐得在那里乱扭一气。

他喜欢骑兵，这么大热的天，他老早就从屋里跑出来，张着个大嘴，出神地瞅着。等骑兵过来，没话找话地聊一阵子。对于我们这边搞农业的士兵，他顶瞧不上。他说："当三年兵，枪都没摸过。在家是犁田耙地，到了部队还是犁田耙地——喊！有啥意思？""喊！"是他表达极度不屑的口头禅。对于汽车，他也瞧不上。他说汽车哪有马好呀，马通人性，威武！他瘸着一条腿给我们小孩子比画："马通人性，冲锋的时候都卧在地上，炮炸、子弹打，都不带动的。等到冲锋号一响，提刀就往那边冲。对面的人一看这个阵势就尿了，左一劈砍，右一劈砍，就把他们给砍光了！"

骑兵排是另外一个部队的。他们驻地离我们这里有几十里路远，要两三个月才经过我们这边一趟。这对于王瘸子，简直是像过年一样。他候在服务社的路边，像是以前的维持会会长："同志们，下来呀！急啥，天还早呢，下来喝点水。珍珍、阿文，去打点新水，让同志们尝尝！我们这个井水喝了养人。哎！去西瓜摊弄七八个瓜杀了——记在我账上！"

人家有时不想理他，他就没话找话。他说许排长的马啃服务社门口的树皮，他说这些树都是他栽的。许排长把马牵过来问他："那从西边到山梁下的几十里的树，都是你栽的？""都是我栽的，小毛孩子你不服哇？我骑马打仗的时候，你还不知道在谁腿肚子里转筋呢！"许排长把缰绳递给他，说："遛一圈看看。"王社长接过缰绳，飞身上马。他把马勒着转了一圈，摘下头上的巴拿马草帽扔给我，"小子把我帽子拿好了！"然后一夹马肚子，这匹马便箭也似的冲出去。王社长的府绸衬衫被风吹得直飘。跑了大概有一里多路，他微仰着身体，一边跑一边喊："新兵蛋子！怎么样？枪给我，我打几发给你看看！"许排长说："你别给我惹祸吧！过瘾了吧，下来！下来！""你这马不行，我以前的马才叫好呢。通体乌黑，没有一根杂毛。""听你吹多少回了，现在你不是连头驴都没有了！""唉——不说了。叫同志们进来喝汽水吧，我请客！"

许排长朝外面喊了一声，人都进来了。王社长让胖珍珍开汽水，一人一瓶。我在旁边围观，王社长说："给这个小东西也开一瓶。"我们喝了汽水，都静静地坐着，等着打嗝。大家都像青蛙似的打过嗝后，一腔暑热都随着嗝喷了出去。许排长说："王社长，谢谢啦！又让你破费了！""什么话，下次什么时候来？""听上面讲要淘汰骑兵了，下次不知道是坐汽车来还是骑马来了。""我送送你们。""天这么热，你回吧——""送送，我看看——"

马从林子里一匹一匹牵出来，王社长站在道边，看着骑兵一个一个翻身上马。许排长说："敬礼！"大家一齐朝他敬了个礼，然后像来的时候一样，在漫天黄尘中冲下山坡。王社长背着手一瘸一拐朝他宿舍走，后面跟着食堂孙老六养的黄狗。这条狗突然对王社长叫起来。他站在烈日下，把孙老六和孙老六的祖宗八辈骂了一个够。

读诗要趁早

老郎叔到我家喝酒的时候，一喝多了就要念诗，一般喝到念诗的时候，我爸就会把酒瓶夺下来："老郎你喝多了，不要喝了！"

老郎叔是我爸的一个战友，转业到地方后在公安系统刑侦支队当队长。他觉得委屈极了，他自己本意是想被分配到企业里去。那时候企业福利比他们刑警队好，有的大企业不仅有食堂还有幼儿园，隔三岔五地还发点东西；有的单位自己有农场，到了春节的时候发肉，发鱼，发花卷、油条和油炸馓子，自己家到菜场买点葱姜就能过年了。他们刑侦支队除了死工资，其他什么都没有。老郎叔的老婆孩子都在乡下，家累很重，加上他自己又有喝酒这个嗜好，所以日子过得紧紧巴巴的。到了月底酒瘾上来，他就借口看看老战友到我家来蹭酒喝。

他进来如果看我正在写作业，就把我的课本拿过去翻，翻了一会儿说："你这个字写得跟鳖爬似的，你要练字可知道？这个字是人的大褂子。"我翻翻眼没理他。他说："等我下个月发工资了，我给你买本字帖去，这个写字一定要临帖。"他自己的字写得很好，遒劲有力，一撇一捺像能把纸给干穿。过了一会儿，我爸回来，见他在，便说："又把工资给喝光啦！"他说："没光！没光！"说完掏出皮夹子看了看。"还有一块五毛多钱。"他把钱掏出来说："三子，你给我到巷口斩点猪头肉，买五毛钱兰花干。"

我爸说："你省省吧！后面还有一个星期日子要过呢，你不吃啦？"他打着哈哈说："我只要有酒就行了！"我爸一边拿饭菜票一边对我说："你到下面食堂打几个菜，苏造肉打个双份的。"我捧着家里的饭盒到楼下把菜打上来，老郎叔已经喝起来了。他抓了一把生花生，仔细将花生粒一分为二，喝一口往嘴里扔半粒花生米。

酒酣耳热的时候，他轻轻地拍着桌子念道："君不见黄河之水天上来，奔流到海不复回！君不见高堂明镜悲白发，朝如青丝暮成雪。人生得意须尽欢，莫使金樽空对月。天生我材必有用，千金散尽还复来——"我问他："老郎叔这是谁的诗？"老郎叔叹道："李白！你连李白都不知道？该打！该打！"我心里觉得很委屈，你每次来我都要打酒端菜，现在不知道一个叫李白的人你就要打我。

他紧盯着我说："这个读诗要趁早，我以前上私塾的时候，老师说'熟读唐诗三百首，不会作诗也会吟'。你们现在记忆力好，背他个一二百首诗，以后张口就能来。"我问他："学诗有什么用？""有个屁用！"我爸喝止他说："当小孩子面也讲粗话！"

他呵呵大笑。

过了一个多月，老郎叔给我买了两本书，一本《唐人写经》，一本《千家诗》。《千家诗》的封面他用红笔写上了自己名字。我翻开一看有许多繁体字，说："这上面许多字我都不认识。"他说："你哪个字不认识问我，一天一首，半年就都背会了！我以前像你这么大的时候，都开始背'汉赋'了。《七发》《风赋》，我都能倒着背。'汉赋'背完了，就要学庾子山的《哀江南赋》，对联里说'右军书法晚乃善，庾信文章老更成'，还是吹的？"

说完，他正襟危坐地给我背："粤以戊辰之年，建亥之月，大盗移国，金陵瓦解。余乃窜身荒谷，公私涂炭。华阳奔命，有去无归。中兴道销，穷于甲戌，三日哭于都亭，三年囚于别馆。天道周星，物极不反……"念到"三日哭于都亭，三年囚于别馆"，嗓子里忽然带了哭音。他摆摆手说："不念了，后面记不得了。"我爸说："差不多了，吃点饭吧？"他按着酒瓶子说："不行！再来一杯，一小杯。"

老郎叔送我的《千家诗》是带画的，每一页上半张是线描的画。比如第一首程颢的诗："云淡风轻近午天，傍花随柳过前川。时人不识余心乐，将谓偷闲学少年。"上面画着一个长胡子的古人，衣带拂拂的，远处是一痕山，近处是柳树和流水。孔子说："诗可以兴，可以观，可以群，可以怨。"诗在于老郎叔，主要是抒发他一腔怨气。他喝多的时候除了背诗，还要拿枪打人。他跟队中的政委关系相当紧张，一喝多就要拿枪打他。政委办公室离他不远，晚上听到他在隔壁念："秋风吹地百草干，华容碧影生晚寒。我当二十不得意，一心愁谢如枯兰。衣如飞鹑马如狗，临歧击剑生铜吼——"政委就开始摇头说："猫尿又喝多了。"这个时候听到老郎叔念诗的声音近了，"旗亭下马解秋衣，请赏宜阳一壶酒。壶中唤天云不开，白昼万里闲凄迷——"，政委就开始收拾东西，把卷宗放到文件柜里，然后把鞋后跟提上，推开窗从这里跳出去，沿着河边的坡道往灌木丛跑。老郎叔扑了个空，就掏出枪对空放一枪，然后大吼："李海明——算你跑得快，我早晚要崩了你！"估计他闹得差不多了，政委从外面蹑手蹑脚地进来，问旁边的人："酒疯子睡了没有？"大家说睡了，政委回到办公桌前该干什么干什么，没事人一样。

天好的时候老郎叔在天台上喝，周围横七竖八倒着他的酒友。他自己负手仰观星汉，背起曹孟德的《观沧海》："日月之行，若出其中。星汉灿烂，若出其里。幸甚至哉，歌以咏志。"一边背一边往旁边的房脊上爬，爬到房顶上就开始背《诗经》里的《卷耳》了："陟彼高岗，我马玄黄。我姑酌彼兕觥，维以不永伤——"屋里的人听到房上一片瓦响，就出来看他。房子下面的人七嘴八舌地说："郎队长下来吧！摔着可不是玩的！"他听到就蹲下来继续背诗："陟彼砠矣，我马瘏矣！我仆痡矣，云何吁矣。"结束的时候，他抬起右手做了一个诗朗诵的起势，身子一歪，好悬，幸好没摔下来。

李政委站在人群中喊："下来——你给我下来！你这样像什

么样子？"他晃着脑袋回："你算老几？你让我下去我就下去？"然后就伸手往腰间摸。老李见势不妙，转身就逃。他从屋顶上下来，一边追一边上气不接下气地念诗："四月南风大麦黄，枣花未落桐叶长。青山朝别暮还见，嘶马出门思旧乡。陈侯立身何坦荡，虬须虎眉仍大颡。腹中贮书一万卷，不肯低头在草莽。"老李跑了几步，忽然像想起什么，迎着他走了上去。

"咦！你狗东西怎么不跑了？"老李刚跟老婆在家吵完架，也有点破罐子破摔。他指着脑袋说："老郎你有本事朝这儿干，你不干不是你妈养的。"老郎举着没打开保险的手枪正在发愣，旁边几个人一拥而上把他的枪给下了，然后把他抬到办公室往长椅子上一扔。他仰天长叹："公无渡河，公竟渡河，堕河而死，将奈公何！"老李蹲在地下说："老郎你不要这样胡作。现在上面有精神要清理队伍，你这样搞早晚要把自己玩死的。你业务好，业务好又能怎么样？地球少了谁不转？你这样搞下去，结果就是'公竟渡河，堕河而死'。你别当就你一个人读过几首诗。一喝就高，一高就念诗。你这样影响很坏知不知道？"

经过与老李这一番推心置腹的谈话之后，老郎叔喝完酒只是念诗，也不到处拿着枪撒酒疯了。他到我家来的时候就问我："我送你的书你看了吗？我考考你。"然后就手拿着《千家诗》，圆睁着怪眼看我。我心里一凛，就给他背了几十首诗，等背到陈子昂："汉廷荣巧宦，云阁薄边功。可怜骢马使，白首为谁雄？"他听了仰着头看着天花板，过了一会儿轻轻一拍桌子念道："白首为谁雄？说得好！"他沉默了一会儿跟我爸说："我被发配到工厂去了。"我爸问他："怎么回事呢？"老郎叔回："清理队伍。""是老李在背后捣鬼了吗？""不是他，是平常跟我在一起喝的一个坏种。具体是谁我就不说了。"

"人心好恶苦不常，好生毛羽恶生疮。"他念了一首白居易的诗。我爸伸手拍了拍他肩膀说："你以前不一直想到工厂去吗？这下遂愿了。"他说："这样走得丢人啊！"我爸说："以后少喝点，有点自制力好不好？诗那个东西也放放，你天天文不文武不武的，两头都悬着。"

临走的时候我们父子俩把他送到楼下，他说："三子，那个《千家诗》你也别背了，耽误学习！啊！"但这个玩意儿一旦喜欢上了，哪是那么容易断根的。有一度我喝完酒也喜欢背诗，我爸说："你老郎叔上你身了。你可不要跟他学呀！"

老郎叔下世有好多年了，最后一次见他是在我爸那里。我把当年他送我的《千家诗》拿给他看，他拿在手里抚摸了一会儿说："现在记忆力不行了，好多都记不起来了。"这时他整个人都很颓唐了，说着说着话就会睡着了，然后口水从嘴角拖下来。

老兵不死

　　住在四号院的王长根，如果不是我，他就死了，但我没想到，他能活这么久。他的三个子女不知道是该谢我呢，还是诅咒我。

　　前年夏天，王长根在家里突然倒在地上，夏明楼看见了，他扶着拐棍往门里面瞅。他是来找王长根聊天的。以前王长根跟夏明楼在一块下象棋，这两年不行了，王长根的记忆力坏得要命："瞎蛤蟆你把我的大车呢？"王长根老喊夏明楼叫"瞎蛤蟆"。"你的大车不是让我炮给干掉了吗！""怎么干掉的？你还给我！""这棋没法下了。""不下就不下，我也没求你下。"夏明楼瞅了一会儿，飞奔下楼，你想象一下八十多岁的老头能飞奔得多快？两条腿加上一根拐棍，在地上划来划去。我正买完菜上楼，我跟他打招呼："夏叔，出去转转？"他靠在墙上喘吁吁地对我说："快——快——打电话，王长根怎么睡在地上了？"我赶紧跑到王长根家去看。王长根怕是想拿什么东西，够了一下没够着，就倒下来了。倒下的时候他想扶一把椅子，结果把椅子也给拉倒了。椅子现在压在他身上。

我看他闭着眼睛，就翻他眼皮看，看是死了还是活着。翻开了他的眼皮，王长根哼哼唧唧地说："是三子？我还活着呢！把老子眼皮翻得生疼。你打电话给我儿子，电话号码在写字台的台历上……"我给王胜利打了电话，他们家三孩子，数王胜利跟我熟。电话接通了，我跟他说："胜利你爹在家摔倒了，你过来一下。这边我给你打120，也别急！我看了老爷子神志还清醒。"

王长根躺在地上，他指指桌子说："三子，桌上有烟你给我拿一根。""你躺地上能抽吗？""没事，你有火给我点上。"这时听到喘吁吁的声音，夏明楼又挪回来了："老王你还没死呀？可吓死我了。""你没死我怎么舍得死？"王长根抽完一支烟，让我扶他起来。因为我以前在外面扶过一个摔在地上的老头，比较有经验——像他这种状况最好别动他，等医生诊断后再说。我说："你先别着急，在地上躺一会儿，马上医生就来了。""没事！我年轻那会儿，倒下来一个鲤鱼打挺就起来了，你不信？"我说："信！但你现在不可能鲤鱼打挺对不对？"他说："我年轻那会儿——"我没理他。他抽完烟，把烟屁股递我，我帮他摁灭在烟灰缸里。夏明楼把头靠在拐杖上念叨："不服老不行了，还鲤鱼打挺？呵呵！这是哪百年的事情呀！"

夏明楼与王长根都参加过抗美援朝，但他们不是一个部队的。夏明楼在高炮团，王长根在步兵连当排长。王长根屁股上还留着美国的子弹，镶在骨头缝里拿不出来。小时候我问他是什么感觉，他说:"能预测天气!天阴的时候会发胀。打在这个地方,别人打在胳膊上、胸口上、肚子上、腿上,还能撩开给人看。我这个屁股上,学校都不请我做报告,喊——"这是他表示不屑的惯常语气。我说:"我爸说你是逃命的时候,让美国人打在屁股上了。""别听你爸放屁!他是嫉妒——那我军功章怎么来的?"

王长根每逢建军节和国庆节都别上他的军功章,上街走一圈以示庆祝。他最喜欢到附近的街心公园去跟退休老头聊天,享受他们喊他"老首长、老英雄、老兵",跟人吹他的战斗故事:"我步枪子弹打光了,就打冲锋枪,后来冲锋枪子弹也打完,抱了一挺机枪扫——嘟、嘟、嘟,冲在前面的美国兵像麦捆子一样被放倒了。"他手中虚拟着一挺机关枪,一边扫一边浑身抖动。有一次上厕所我看他尿完也这么横着抖了一下。

王长根有一次跟我爸吹,说干休所医务所的女医生白宛茹看上他了,有一次与他出差,当天晚上睡了。我爸听了笑疯了,他说:"长根呀!能不能不吹牛?凭什么?凭你臭烘烘的?""别不服气呀!就凭我臭烘烘的,白宛茹老公瘦得跟小拳鸡似的,走路头发一甩一甩的,娘儿们似的!不兴人家换换口味?""滚——滚,别胡扯,让人听见了跟你急。"王长根捧着搪瓷缸子站起来说:"咱有料呀!信不信白宛茹哪天早上喝稀饭,我从她面前走一趟,她看痴了,碗都会掉地上。"

王长根的老婆是一所女子中学的女学生,王长根当年作为战斗英雄去跟她们联欢认识的,生下王胜利以后跟人跑了,一跑就跑了好些年。王长根很多年都过着既当爹又当妈的生活，所以他有跟女医生睡觉的幻想也不奇怪。他那会儿也不过是四十多岁的人，无论生理上还是心理上都有这种需求。

王长根家三个孩子，长相都是照着王长根套娃套下来的：单眼皮、长脸、阔嘴。老二王永红，七八岁就在家做饭。她会发馒头，用一个巨大的钢筋锅做那种很黑的馒头，一个有小孩头那么大；熬一锅白菜汤，开锅了放一勺猪油，这个就是菜。辣椒下市了，王长根买一堆回来，与蒜头剁碎，起油锅，和酱炒了，吃饭的时候一人盛一碗汤，一个馍，里面夹点酱，开吃。这种伙食风格，造成他家孩子吃饭时都不聚在桌子上，都是边玩边吃。有一次我竟然看到王胜利蹲在茅坑上吃馒头，半个脸都被遮住了。我被这个场景给惊呆了。我问他："你怎么边拉边吃？"他说："不行吗？"他挪开馒头现了一下真容。他姐王永红拿着馒头偏头看人在地上玩抓"骨头"，轮到她了，有人就叫："永红到你了！"她把馒头往围观的人手里一塞，就下场了，全然不顾那个人的手黑得跟乌龟爪子似的。

王长根有时自己弄了点肉，派王胜利到街上的小摊子再给他买几块油炸的臭干子。他把肉、干子放在一个小板凳上，自己蹲前面，"吱"的一声，抿口小酒。当王前进、王胜利意图将筷子伸进他的"特供"时，他就会直起身说道："你们将来吃好的日子长呢，荤菜不利于长身体，可知道？你们呀——就是猪油吃多了蒙了心，要不怎么念书都那么笨？"王前进与王胜利只好将筷子硬生生转移了方向，去到酱碗里，恶狠狠地夹上一筷头。

说来也奇怪，他们家的孩子全吃素，个子却都长得很高。王胜利小学没毕业都快长到一米七了，扳手腕，全院的同龄孩子没有扳过他的。他哥王前进，参加招兵体检，验上了海军潜艇兵。王前进回来跟我们说潜艇兵吃得好，只要出海，每天都有肉和苹果，牛奶想喝多少喝多少！把我们听得眼睛都直了。我们问他："将来我们也想当潜艇兵，怎么才能当上？"他说："举杠铃、跑步、玩哑铃呗！"住我家楼上的宝儿，早上四点喊我去环城跑步，我坚持四天后实在坚持不住了，说："老子不想当潜艇兵了——"

王永红这时候迷上了声乐，早晨天麻麻亮就站在院子当中，两手交握唱："大海一样的深情……边疆的泉水清又纯……"她听文化站的老师说，她天生的嗓子条件好，如果能系统训练，将来可以考部队的文艺团体。王长根早上去上茅房，就吼她："一大早，鬼嚎什么？人家不要睡觉了？"她跟我姐都想去当女兵，不知道从哪儿借来军装，跑到照相馆照了许多戎装照。但是那一年的名额，被烧锅炉的老钱家女儿钱雨婷给抢走了，因为老钱声称，今年如果他女儿再当不上女兵，他敢把锅炉给停了。结果他真这么干了，干休所所长找他他也不理，说不给他家一个名额，就算天王老子来了都不烧锅炉。谁爱烧谁烧去！一大家子人在初冬的寒风中瑟瑟发抖。老钱虽说是个烧锅炉的，但资历老呀，他是在河北参加的八路军，大小伤不下于七处，王长根跟他没法比。如果老钱有文化，早当官了！这个名额毫无争议地属于老钱家的了。

王永红进了纺织厂，当了一名女工，因为会唱歌，进了厂的文艺宣传队。王永红进了厂，没过多久就搬到厂集体宿舍去了，家里就剩王胜利一个孩子了。王长根便与王胜利吃食堂，一人一个大搪瓷缸子，王长根的缸子上印着一只和平鸽，上面有"献给最可爱的人！"，缸盖拿根绳子拴在把上；王前进使的是一个军绿色大茶缸，饭打进去再加两个菜，才用到容量的一半。有个战友来和王长根说："长根呀！你看你也苦出头了。两个孩子都够上饭碗了，你再找一个吧！这样干等着也不是个事。食堂打杂的吴桂珍，她死了老公，一儿一女都上班了，我看你俩挺合适的，你这头没意见，我跟她说说。"王长根说："再等等吧！等胜利上班了再说吧。""还等？算我没说。"

　　王胜利高中一毕业，也去当兵了，家里只剩下王长根。谁知道王长根跑了许多年的老婆回来了。大家都说："这个女人还有脸回来？呸！不要脸，这个王长根绝对不会要她！这么多年老公孩子都不要了，这个世界上哪有这么便宜的事情？家属委员会要出来管管。"家属委员会的张大妈嘴里叼着烟，她弹了弹烟灰说："老王就是个贱种！他叫我们别瞎起哄，说这个是他个人的家务，八成他对这个坏女人还有感情。也不知道他上辈子作了什么孽，摊上这么一个女人，看来她是吃定老王了。你叫我有什么办法？"

　　王长根老婆回来以后，三个孩子这关她不容易过。王前进与王永红表态说："有她无我，以后你叫我们怎么在外面做人？"王长根说："说一千道一万，她是你们的妈，你们如果想跟我断绝父子关系，随你们。但是你们妈回来，是回定了！"王胜利说：
"我回来还是回来——但是你休想让我叫她妈，我转不过来这个
弯儿。如果你硬逼我，那我也不回来。""滚！都滚！"

王长根老婆回来没有几年就得病了，腿不能走路了，王长根
到处带她看医生，后来就坐上了轮椅。天气好的时候，他把她从
楼上背下来，然后用毯子搭在她腿上。夏明楼拿一个棋盘出来，
两个人坐在她旁边下棋。夏明楼有时忍不住看一眼干瘦苍白的女
人，不知道她哪一点就让王长根这么无怨无悔地付出。后来王长
根的老婆身体越来越差，有时下楼来，就半躺在轮椅上。她临终
的时候，拉着他手说："长根你是一个好人——"王长根哭得地
动山摇的，趴在地上一个劲地撞头。他的三个孩子除了王胜利，
其他都没来。

王长根老婆去世以后，他整个人都颓了下来。这中间，前进
和永红回来看过他几次，他没让他们进门。他无论如何也不能原
谅他们没有参加他们母亲的临终告别。王永红已经结了婚，生了
一个儿子，她带着哭腔说："爸，我带着你外孙来的。你不看我
的面子，看在外孙的面子上你让我进去吧——"他端坐在屋里，
手里扶着街道发给他的带三个滚轮的拐杖，眼睛盯着墙壁头也不
回。王前进拉他妹妹说："走吧——我们也没什么错，他不认我
们就算了。自己把自己的日子过好就行了。"王胜利退伍以后被
分配到一家汽车运输公司，他倒是经常回来，给他爸带一点在乡
下买的新鲜蔬菜和鱼虾。有一次买了一只野生老鳖，王长根把它

拎在手里，老鳖的头伸得老长。他拿一根筷子逗它，差点被咬到手指。他把这只老鳖拎到我家来说："给你们吃吧！这东西我不会弄。"我们烧好后，给他送了一碗，他尝了尝说："嗯，味道挺不错的，但我还是觉得我们家永红以前做的那个大馍吃着带劲。现在东西不行了，吃着都不是味，还是以前东西好吃。白菜是白菜的味道，酱是酱的味道。现在这个都是什么呀？"

王胜利有时回来，我们路上遇见了，也站着说一会儿。他说："我们家老爷子就是犟，没见过他这样子的。我们想搬回来住，这样也好照顾他。他嫌乱，说一个人住惯了。有时劝急了，他就说我是惦记他的房子。"说完他把手一摊。我叹了一口气说："岁数大了，没个人照顾真不行！"王胜利说："谁说不是呢？他跟我哥我姐又不来往，我一出车十天半个月都回不来，真是不让人省心。"我笑笑说："不如让你爸再找一个！搭伴过日子，你们也省心。"王胜利挠头说："没有合适的，再说他脾气那么古怪，谁跟他能处得来？"

王长根一天三顿在外面吃，早晨在附近的小吃店要一碗胡辣汤、两个包子，吃完以后，推着三个轮子的拐杖到公园去，和其他工厂退休的老头吹牛。这里人家都喊他"老革命"，问他："老革命，你工资怕是有一万吧？"他不置可否地点头："唔，唔，差不多……还差一点。""你看病都能报销吧？""全报——不要我掏一分钱。""那你的钱不是多到要晒霉？可贴一点给孩子？""我一个人花！我天天下馆子。"听的人啧啧称羡。说者无心，听者有意，有一个六十多岁死了丈夫的女的听到心里去了。这个老太太长得有点像电影《黑三角》上卖冰棍的潜伏特务，矮胖矮胖的，穿一件印着"第二饮服公司"字样的围裙。她在公园里卖一些老年人用品，鞋垫子、鞋拔子、放大镜、指甲钳子、痒痒挠。她见到王长根一来，很热情地招呼他："老革命来啦！哎——坐一会儿，歇歇腿。你打仗的时候不害怕吗？"她一问，王长根就来劲，他说："听到冲锋号一吹，什么都忘了，就算磨成渣渣那算什么！就是往前冲，端着枪扫！"他举起手里的拐杖，似乎又回到了当年，紧接着他说："那时候十几二十岁，脑子里面没有'怕'这个字。"小老太太托着腮全神贯注地听着，眼睛盯着王长根。王长根心里一激灵，心说："这要完！"他又找到当年到女子中学做报告的那种感觉了——

王长根快到八十岁又结婚了，结婚的对象就是公园里卖鞋垫的老太太。王胜利问他爸："你可了解她？""人好！我跟她挺说得来的。到时候你领着老婆、孩子来吃个饭。我还叫了几个老战友。""要不要通知我哥和姐姐？"王长根仰起头想了一会儿说："他们还记恨我吧？""我跟他们说说。只要你过得好，我们都高兴！妈也过世这么些年了，你有个伴儿我们也放心。""那你跟他们说说，也别勉强。""唉！"

王长根结了婚之后，这个老婆也不大在家。她要回去带孙子，一个月来那么两回，拿生活费。除了生活费，她还朝王长根借钱，都是有借不还的，前前后后弄去王长根几十万，并且让他别跟孩子说。王长根也守口如瓶，直到他在家里摔跤，被我打120送到医院去，王胜利才发现他爸的钱让这个小老太太弄了个精光。他把这个事情跟他哥哥姐姐一说，这两个当场就炸了："这是咱爸养老的钱！欠债还钱，少一分也不行！"他们问王长根有没有打借条，王长根说："没有！两口子借钱还有要打条的吗？""不要条，我们怎么朝她要钱？""我借给她就没打算朝她要。""那你现在这样，要找保姆服侍你，没有钱谁来？你这不是害子女吗？"王长根说："未必她就那么不讲良心，你们把人想得太坏了……"

小老太太见王长根子女找她要钱，她就叫起了撞天屈。她前拍大腿后拍屁股地说："天地良心！除了你们爸爸给的生活费，我是一分钱没有拿你们家的。我是没黑没夜服侍你们家老人，现在倒说我拿他钱，我不能活了——"说完在地上打起滚来。最后老太太说跟王长根过不下去了，两个人又离了婚。官司打到法院，律师说这个借钱无凭无据的，问王长根到底借给她多少钱？他哆嗦着嘴不吭气，再问就把脸扭过去。律师跟王胜利说："你们家这个官司没法打，最后你们还要轮班照顾你爹。""我都气死了！我不想管了。""那不行啊！你们有这个义务，不然犯法！"

现在王长根由三个子女轮班照顾着，一个人一个月。前几天我在楼下的草坪上看到他，他坐在轮椅上晒太阳。他看见我招招手。我喊："王大伯你好啊！"王胜利坐在一边看报纸，他也对我招招手。胜利这几年头快秃完了！

十五颗弹珠

谢宇昆到现在还常常做梦，梦到他少年时代住在颐和路和江苏路他爷爷的家里。

夏天午睡醒来，阳光透过街道旁的法国梧桐在屋里投射下斑驳的光影。他被热醒了，后背烙上灯草席的花纹。外面的知了一声接着一声地叫着，他下楼来到餐厅。餐厅的纱罩下放着一牙用冷水镇过的西瓜，他掀开纱罩取出西瓜一边吃一边望向隔壁房间里的爷爷。老人家手中的蒲扇掉在地上，一张报纸摊在膝盖上。他微张着嘴，涎水随着鼾声滴落到光滑的柚木地板上。他奶奶不知道什么时候从他后面走过来，轻轻用手中的檀香扇敲他一下说："吃西瓜的时候身子欠一点，滴到身上多难洗！"外面走过一个卖冰棍的，用木板拍着箱子。屋子显得很空旷。

谢宇昆的爸爸妈妈在外地工作，他从两岁起就随着爷爷生活。他不大能够见到自己的爸爸妈妈，也不知道他们一天到晚在忙什么。四岁的时候他妈妈出差经过这里，他被奶奶提前从幼儿园接回来。看到一个圆圆脸的女军人伸出手来抱他，他伸手推开并且哭了起来。他奶奶说："还认生呢！多熟悉熟悉就好了——"他妈妈拉开人造革包的拉链，从里面取出好几个玩具和吃的东西放在他面前，他都把这些东西推在地上。这时他爷爷虎起脸来说："小宇，不许这么没礼貌！"他哭得更厉害了，简直要透不过气来。他看到妈妈也红了眼睛，扭过头去肩膀抽动起来。过了有一两天他跟妈妈就熟络起来，妈妈跟奶奶在厨房择菜，他倚着门往里面看。妈妈叫他一声："小宇，到妈妈这儿来。"他走过去，妈妈把他抱在膝盖上坐着，他伸手去摸妈妈的领章。妈妈说："小宇在幼儿园听不听话呀？得过小红花吗？"他张开手，妈妈说："真厉害！有五个呀，下次我回来给你带个五角星好不好？我们俩交换一下，拉个钩。"妈妈走的时候，他哭得都变了声，奶奶拦住他说："你走吧！让他哭一会儿就好了——"妈妈掏出手绢揩着眼睛，然后拎起包走了。过了好长一会儿，奶奶松开手，他撺了出去。拉开沉重的灰漆大门，街上早没了妈妈的身影。给爷爷开车的司机刘叔叔过来在他脸上抹一把说："你看看眼泡都哭肿了！快进屋吧，呛着风。"他看着晚上街上骑自行车的人，又伤心一会儿就进屋了。

　　小宇的爷爷是省里著名的民主人士，留着一撮山羊胡子。一年到头不是灰色的中山装就是藏青色的中山装，口袋上插着一支钢笔。爷爷喜欢穿奶奶做的布鞋，小宇的奶奶就经常将家里的旧衣服用面糊糊在门板上，左一层右一层的，然后揭下来纳鞋底。

奶奶眼睛老花了，穿线认针的时候她就在楼下喊："小宇帮奶奶穿一下针！"他一下子就把线穿进去了。奶奶摸摸他的头说："哎！小孩的眼睛是好。去看看你爷爷写完字没有，写完字喊他来吃饭。"爷爷的书房是不许人进去的，他说他的东西都放在固定的位置，别人一动就找不到了。小宇站在门口轻轻敲了敲门说："爷爷——奶奶叫你下去吃饭。""稍微等一会儿，你先去吧。"小宇听到不急着走，他坐在地上掏出口袋里的弹珠玩起来。弹珠在柚木地板上发出清脆的响声。过了一会儿书房的开了，爷爷出来看到他在玩弹珠说："我也会玩！我打得可准了。"然后选了一个对准远处的弹珠屈起指关节弹出去，"啪"的一声就打中了。小宇拖着爷爷说："我们玩一会儿！""哎——吃饭，吃饭。下午我还有个会，等星期天我们在后园玩。"

小宇他们家后园很大，里面有两棵梧桐树，树皮光溜溜的。梧桐的叶子长得很好看，细细的柄上长出一片大叶子。秋天一到梧桐的叶子就早早地落了下来。早晨他爷爷看见了就说："一叶落，天下秋。"小宇的爷爷很喜欢养菊花，后园有好几十盆。这些花他都不给人动，都是自己浇水、剪枝，捉菊花里的虫子。他很有耐心，蹲在花盆前面用一支旧毛笔在叶子中间擦来擦去的。他叫小宇看毛笔上沾的绿色小虫子，说这种小虫子坏得很，专门吃花心。小宇看了看，觉得很恶心。菊花开到最盛的时候，爷爷就买了螃蟹请人吃饭，奶奶和家里的勤务员要忙好几天。客厅里面坐不下，有的人就坐到后面院子，小宇开心极了，在人群里跑来跑去。小宇觉得这些人都很有意思，他们都留着胡子，有的人还要拿胡子扎他。痒死了！好多人手中拿着一柄纸折扇，说是要请谢老留下墨宝。他爷爷说："哎呀！现在也没工夫弄这个了，不如藏拙为好。""谢老现在人书俱老！扇子放在你这里，有空的时候你就抹两笔——这个我可要传代的呢！"这天晚上要喝很多酒，喝完后的酒坛子放在后面院子。有的被奶奶拿来腌菜，有的被爷爷拿去在底部开了个洞又种了菊花。菊花开的时候有一种苦苦的药香。

吃完饭刘叔叔有的忙了。他要开车把比较年长的一个一个送回家，其他人就到客厅看爷爷和另外一个长胡子老头下围棋。谢宇昆的爷爷围棋下得好，在民主党派中是出了名的。爷爷想教他，但他好像没有这方面的资质。有时教着教着，爷爷不耐烦了，他的眼泪就顺着下巴滴下来，他爷爷很惊愕地看他一眼："下不好，慢慢学。哭什么？"他奶奶过来把他拉走说："你多大他多大？一点儿耐性都没有。""那我学棋的时候不就是看看就会了——谁手把手教我的？""你聪明！你多厉害——走——我们不理他，来帮奶奶择菜去。"他爷爷只好讪讪地把棋收起来。

谢宇昆在这个房子里一直住到上高中。他爷爷过世以后，他奶奶住这个房子，家里的家具都是公家配发的。上面钉着铁牌牌，上面还有数字的编号。他爸爸有一次回来觉得板桌太硬，陆续给添置了席梦思和冰箱。以前他们家夏天有专人来送冰，放在一个大盆里，散发着阵阵凉气。爷爷过世以后，家里的勤务员和司机都撤走了。菊花因为没有人打理，死了很多。家里请了一个保姆，天气好的时候就推着他奶奶在附近转转。有一次他放学看到奶奶坐在轮椅上，勾着头看一个卖菊花人的担子，看了很久。这个苏北的保姆做菜很咸，谢宇昆吃不惯。他经常学习学到半夜的时候，跑到街角去喝一碗柴火馄饨。卖馄饨的是个七八十岁的老者，系一条蓝色的长围裙。有一次初冬的晚上，摊头上没什么人，这个老者给他下完馄饨后，伸出手在向火。他问谢宇昆："你是王家什么人？""我姓谢，不姓王。""哦——我还以为你是王家的呢。你们家的房子原来是王家的，你们是后来搬进来的？你们家也是做大官的？以前他家的小少爷也喜欢吃我做的馄饨，他们家估计都搬到台湾去了——你要不要再添点胡椒？""好，再给我添点。""冬天吃点胡椒，身上热乎乎的。"

一九八八年深秋季节，谢宇昆中午在家复习功课。忽然听到外面有人敲门，他开开门，一个中年男人站在门口。谢宇昆问他："你找谁？""不找谁，您是这家什么人？""我跟我奶奶住在这里，你有什么事吗？""啊——我原来小时候住在这里。我姓王，家父王柏龄。我从台湾回来省亲，想着看看小时候住的地方。""那你请进来吧！""不打扰吗？""没关系——请进来吧。"这个人进来后，他把鞋子脱下来放在门边，脚上只穿着袜子。"我给你找双拖鞋。""不客气，我看看——这个地板还是原来的，你们保养得挺好的。""原来有人打蜡的，这几年差多了。"

"我给你泡杯茶。""不用，不用。我看看——看看。楼上方便看看吗？我小时就住在楼上。""没什么不方便的，我也住楼上——请。""您贵姓？""我姓谢。""敝人姓王，家父王柏龄。"说完他递过一张名片。他轻轻地走进来说："我以前也住这个房间，这个法梧长这么大了。我以前做功课也在这个地方，夏天这个树上的知了，吵得要命啊！""是的……""这个护墙板也没换，都是老样子。让我想想啊，我好像在这个房间还藏了点东西。"他站在屋内看着天花板想了一会儿，指指左边的墙角说："我记得就在这个地方，不好意思，借过一下。"谢宇昆闪开身，他过去轻轻把护墙板抽出一条来，然后把手伸进去掏了一会儿，从里面拿出一个千疮百孔的袋子，里面的弹珠滚了一地。他连连说不好意思。"没关系——你藏在这里的？""呵呵，一九四八年我们全家迁到台湾，那时我正在上小学。我顺手就给藏在这个地方，想着不久还要回家，谁知道一晃几十年过去了。"他捧着弹珠说："你要不要？"谢宇昆摇摇头说："你的东西你拿走吧。"他眨了眨眼睛："麻烦你去找个结实一点的袋子，我还把它放进去。将来这个秘密只有我们两个人晓得了。"

谢宇昆拿了一个装文具的袋子，这个中年人把弹珠一颗一颗地放进去。"十五颗。"放进去后，他把护墙板又安装好，一手的灰尘。"隔壁是卫生间，你去洗一下手。"洗完手这个人出来，对着谢宇昆说："今天真高兴，打扰了！您以后到台湾可以联系我，名片上有我的电话。""到楼下喝点水吧！""不了，已经非常感谢了。"

谢宇昆送他出门。他一边走一边回望。一直看着他走过街角，满地金黄的落叶被风吹得像浪似的。一个骑三轮车的人打着铃驶过去，天说凉就凉下来了。

"我奶奶百年以后，我考大学到了北京。然后在北方娶妻生子就很少回去了。这个房子已经交给单位了，后来有没有人住，或者是空着，我可是一点都不知道了。如果没有大拆大改，那个墙角的弹珠还在，想想也觉得挺有意思的。"谢宇昆说。这十五颗弹珠，在他记忆的深海中一闪一闪发着亮光。

木鸟

　　初冬北京的天空像贴上一块大蓝纸，连一片云彩也没有。晨昏的变化只有蓝色的深浅不同。早晨天刚亮的时候，呈现像复写纸那种深蓝。慢慢随着太阳升起来，这个蓝色稍稍化开了一些，却显得更加深远。天上绕来绕去的鸽子像这个蓝幕中的白点。从蒙古国乌兰巴托吹来的寒风中夹着细细黄土，仔细闻闻这黄土中有马尿、骆驼粪、羊屎蛋子的味道。风一刻不停地刮着。街上男人、女人把手揣在口袋里，风使人看着像逃难似的。

　　张宇民上午接到一个电话，是他前妻许无微约他到钱粮胡同这边一个茶馆喝茶，顺便商量一下他放在老房子里的东西怎么处理。

　　张宇民来了有一会儿了，这会儿被冻得左右脚踩来踩去的。虽然他来北京快有二十年了，但钱粮胡同这边他不太熟。许无微经常来中国美术馆看画展，今天她看完画展以后要参加一个研讨会，所以就把他约到这里来了。张宇民站在茶馆门口一棵光秃秃的槐树底下，朝美术馆方向看。这时他听到有人在后面喊他："老张——你早到就先进去呀——"许无微侧身让他进去，一边走一边问他："你下午没有什么急事吧？进去说——"门一开扑面一股热气，张宇民的眼镜片上蒙上一片水汽。许无微看来经常来这个地方，她一进去一个服务员迎过来说："姐，今天喝点什么？""凤庆红茶吧。""唉——""把衣服脱了，宽松宽松——你现在住在什么地方？上次你跟我说我忘了，你瞧我现在这脑子。"张宇民脱下大衣，服务员接过去给他挂在衣架上。他取下眼镜，从口袋里摸出一块眼镜布，擦着眼镜的雾气。他说："我租的那个地方离我们单位不远，五环外，二室一厅。我准备把靠南边的房间清理出来放东西，你什么时候有空，我请搬家公司去你那儿搬东西。"

许无微把红茶捧在手里暖手，她没有搭张宇民的茬。她说："今天开研讨会，孙老先生真能说，大概讲了有一个半小时。老先生退休了，现在不太容易找到这种公开场合发表他的学术观点了，讲起来没个完。你还记得这位老先生吗？""有点印象，胖胖的，谢顶对不对？""就是他——"

"你还好吧？""挺好的，凡凡现在跟你联系多不多？"张宇民想了一下说："不多！才开始到美国去的那一阵，还经常跟我视频聊天，说东说西的。现在大概交上新朋友了，玩疯掉了！可能连自己姓什么都忘了吧。"凡凡是他跟许无微的儿子，大学毕业以后到美国留学去了，有两年没有回来了。其实凡凡每周都跟他聊一次天，有时张宇民还嫌他烦，他那边大天白日的，老张睡在黑甜乡里，被他搅醒了多少还有些不悦。但他不知道凡凡跟许无微联系得多不多，万一说漏嘴了，她又是那么敏感，回头跟凡凡抱怨个没完。他就说联系不多，省得许多口舌。

许无微说："这个养儿子真没有意思！以前啊，他一分钟都离不开我。你可记得有一回他睡着了，我去楼下买点东西。他没穿衣服就跑下来找我，一边哭一边喊妈妈，腿都冻紫了——你还一点没有发觉，这个事情你总该记得吧？""有印象！三岁，还是四岁的时候？""我记得是四岁的时候，那会儿帅帅经常到我们家来玩——他幼儿园同学。有一回我遇到他妈妈了，听说帅帅现在到上海读研究生去了。"

"时间过得挺快呀，一眨眼工夫孩子们都大了，我们也老了。他们都不愿意理我们了！"张宇民看看她说："你挺好的，没有什么变化。""什么呀，有许多白头发了。今天早上我梳头，梳子上好几根白头发，还不老？你上次不是说血压高，现在降下来没有？""在吃药，目前控制得还可以。""你别忘了每天吃药，我听医生说这个血压高就怕吃几天停几天，自己感觉没事。其实有极大的风险。前年我们单位老李，原来跟我一个办公室的，血压高，不好好吃药一下子脑梗了。现在他女儿也从英国回来了，请人服侍他。据说一个月要花不少钱——我跟你说你可听进去了？"许无微看到张宇民似听非听的样子，张宇民眼睛看着窗外有两只麻雀在地上觅食，人一来马上飞到树上，小小脑袋起伏不定。他想起老家山里的鸟，还有放在许无微那里做了一半的木鸟。

他嘴里应道："我听着呢，每天在床头贴张纸自己提醒自己。""哎，上回不是听你说有人给你介绍一个公务员，你们俩进展得怎么样了？差不多就把婚礼给办了。"张宇民轻声笑起来，他说："是不是你还等着我办？等我办了你就不带一丝一毫内疚的心理，寻找自己的第二春去了？""滚！跟你说正经的。""接触了几次人家好像不太热情，都挺忙的就不耽误时间了，吃了一次饭以后就再也没联系了。"

张宇民跟许无微离婚很突然。有天晚上他正准备到儿子凡凡的房间睡觉，凡凡出国以后张宇民就搬进来了。许无微喊他说："老张我跟你说个事。""什么事？""我们离婚好不好？"张宇民愣了一下，随即回过神来说："你有人啦？""没有，就觉得挺没意思的，想想后面几十年就这么过下去，像个无底洞似的，人心里没底。白天要给你洗衣服、做饭，整理家。晚上你回到你房间，我回我房间——似乎一个人也能这么过。"张宇民问她除此之外还有什么过法，许无微说："我也不知道！索性离了吧！"张宇民说："行——房子卖了一人一半，你看怎么样？"许无微说："行！"张宇民到单位请了个假就去办了，办完以后张宇民还请许无微吃了顿素斋。张宇民问许无微老了以后是回老家呢，还是留在北京。许无微老是抱怨北京的气候，说一到冬天嘴都干得开裂，东西也不好吃。她一直想回南方，她两个妹妹都在老家。许无微说："我还没想好，咱们先来商量商量房子的事情。"张宇民说："房子你先住着,我搬到离单位近一点的地方。如果你能凑到另一半房子的钱给我,房子你留着也可以。当初装修都是你弄的,你对这个家感情比我深。""那也行吧,你屋里东西是搬走?还是暂时先放在这里?""如果不给你添麻烦的话,那暂时就先放在这里,等我租好房子以后再搬过去。"从那次分手以后,到现在也没联系过。张宇民弄了几个大箱子把衣服都装走了。还有许多东西都散乱地放在书房的地上。

上周许无微进去整理东西,发现一个小盒子。她打开看了一下,是张宇民做了一半的木鸟。这是一个德国装软糖的铁盒子,上面印着精美的图案:一只长着长长冠子的鸟站在玫瑰花丛中,对称缠绕着的藤蔓形成一个弧形,左右交互的叶子。这个是她有一次到德国去参加一个二战时期犹太艺术家研究的年会带回来的。她掀开盖子,里面装着一只稍显粗糙的木头鸟。这只木鸟的一只眼睛没有雕好,刚刻了一个浅浅的圆槽。她看到以后觉得心里有一股无名火腾的一下升了起来。她想到张宇民答应她以后再也不弄这个了,但还背着她在做木鸟。怪不得以前晚上下班以后吃完饭,老张看一会儿电视就魂不守舍地要回书房,他说要看一份资料。但许无微老是听到书房里有像老鼠啃东西的声音,许无微就问:"老张你在里面弄什么呀?家里是不是进老鼠了?"然后这个声音就没有了。她没有想到他还在刻这种东西。结婚前他答应过她永远不碰这个东西,谁知道他又捡了起来。这让她很生气,看来这个遗传真是改变不了。

她把小盒子推过去问道："你给解释一下这是怎么回事。""这个有什么可解释的，不就是雕了一只木鸟吗？"张宇民说。"你知道你爸爸是怎么死的？就是玩这个死的。听你妈说你爸在老家当木匠的时候就喜欢装神弄鬼的。他的师父传给他一本叫《鲁班书》的东西，这个事情你知道不知道？"张宇民把脸埋在手掌里，过了一会儿他说："我听我爸讲过，我爸说鲁班造了一只木头鸟，不吃不喝在天上可以飞三天，鲁班的魂也可以寄在上面。鸟看到什么，鲁班就能看到什么。他人躺家里像死了一样。如果不是他事前给徒弟留了话，他的徒弟一定会把他当死人给埋了。我妈相信这个东西会把人的魂灵摄走，所以反对我爸做这个东西，没想到你也信这个？你看我不是好好的！"

　　"你这么大人就不应该还弄这个东西！不过我说话你也不听，这个东西我觉得不吉利，你还是找个时间去把东西搬走吧。"

　　张宇民说："是准备要搬走的，谢谢你把木鸟带过来。"张宇民接过小盒子，回过身放在包里。"你能给我说说你为什么要做这个东西吗？""我觉得有意思，我需要一个能把魂灵寄在上面的东西。""那你对这只木鸟念咒吗？""我从选好这块木料的第一天就对着它念咒，但它好像没有什么感应。只是偶尔会用一只脚在桌子上跳着走——""你相信它会飞？""应该会的，如果把另一只眼睛刻好，咒也念得好，它会飞起来的。"许无微问他："你给它念念咒看看会发生什么？"张宇民紧张地看了看四周说："在这里？不合适吧！""没有人会注意到的，来吧——"

张宇民把盒子拿出来，小心地把木鸟放在桌子上，然后把两只手合拢起来对它低声吟唱着什么。许无微脸上有一种笑意。木鸟放在桌子上徐徐地转了一个圈，然后歪倒在桌子上。张宇民作完法向后靠在椅背上，他轻轻捏着鼻梁。许无微轻声问他："这就完啦？""完啦——"

湖边风景

　　罗凯旋回到湖边的房子里，他看到窗外不远处山坡上去年种的蚕豆都开花了。这些蚕豆是他与老婆钟红苗一起种的。红苗跟他说是不是种得多了点，两个人吃不掉的。他说吃不掉我们就拿到镇上去卖。钟红苗把手插在兜里在地头上走，像一个监工一样。她一边走一边用脚踢土说："那是你去卖还是我去卖？你又不会用杆秤称东西！""这个东西有啥难的，我上网买一台电子秤不就行了！""这些蚕豆还不知道能不能卖出一台电子秤的钱，都留着自己吃吧。我们可以学着做酱油或者蚕豆酱怎么样？""我觉得还是吃新鲜的比较好，做葱油蚕豆、五香豆——你还记得市区有个老头推着一个手推车，一边走一边喊：'一毛哪——吃热的——'""怎么不记得！"说完钟红苗把手拢在嘴边喊："一毛哪——吃热的——像不像？"罗凯旋把手扶在锄把上说："很像！""哎——你明天开车去镇上买鸡饲料，我跟你一起去，听说镇上新开了一家奶茶店，我有半年没喝过奶茶了。""你不是说奶茶里面含咖啡因，喝了对身体不好吗？""很长时间不喝还是想喝一杯的。五一的时候胖子跟他老婆来。我们俩开车开了八十多公里去市里喝奶茶呢，晚上回来一夜都没睡好。"

湖边的房子是罗凯旋刚退休的时候买的，他跟钟红苗没有孩子。钟红苗因为身体的原因不能生小孩，年轻的时候怀孕了两次都流产了。后来罗凯旋安慰她说："没有就没有吧，我哥我妹妹都有小孩。我没有什么传宗接代的观点，以后我们不要做这种尝试了——太受罪了。""但我还是想给你生个孩子，你那么聪明。"钟红苗说。罗凯旋拍了拍她脑袋说："我算什么聪明？我上大学的时候不说我们学校，就是我们班上比我聪明的人多了去了。别人不说，就拿胖子来说，他平时都玩疯掉了。只要考试前稍微复习一下就能拿班上前几名，但你看胖子跟徐敏他们两口子不也自愿'丁克'吗？"钟红苗问道："你说他们有没有动摇的时候？""这我就不知道了，估计他们也顾不上。胖子玩心重，去年还弄了个房车，房车上还置办了全套的音响设备，说是退休以后走到哪儿唱到哪儿。"

罗凯旋跟钟红苗算得上是青梅竹马。罗凯旋的妈妈以前是部队医院的医生，钟红苗妈妈是医院财务科的。小的时候他们就经常在一起玩，后来罗凯旋上了政法大学，钟红苗上了财经大学，开学一起去，放假一起回。钟红苗对罗凯旋说她的大学生活很平淡，也没有男生追——"这全赖你呀！别人都以为我有男朋友了。你这个人心机很深，每次到我们学校，我不让你送进来，你非要把我东西拿到楼下，还要大呼小叫的。生怕人家不知道你的存在。"罗凯旋说："有句话怎么说的？叫先下手的为强，后下手的遭殃。"

罗凯旋大学毕业以后分到政法系统，钟红苗去了省里的税务局。两个人从恋爱到结婚整个过程非常丝滑，除了装修的时候钟红苗跟他闹过几次小别扭之外，这个属于"茶杯"里的风波，可以忽略不提的。钟红苗结婚以后也没什么改变，拿罗凯旋的话讲，"十指不沾阳春水"。除了休息天，两个人中午都在单位里吃食堂，晚上在食堂买点花卷和包子回家，罗凯旋用炖锅煮一把米的粥就打发了。星期六、星期天去双方父母那里，也是罗凯旋帮着择菜、烧饭。钟红苗去帮忙都是帮倒忙。罗凯旋妈妈经常叹气说："将来我们不在了，凯旋你这个日子怎么过呢？""该怎么过怎么过，也许到那个时候我们什么都会了。人是要逼得——"他妈妈说："懒得说你们两个，过去说那个把大饼套在脖子上都会饿死的人就是你们吧！"罗凯旋笑笑没说话。他把收拾好的菜递给他妈妈，他妈妈看看他说："没见过你这样宠老婆的——"

本地的文化生活非常单调，平时除了吃饭就是几个人凑在一起打打麻将和掼蛋。罗凯旋快退休前很喜欢跟人打斗地主和掼蛋，周六和周日总是和单位几个同事打得天昏地暗的。罗凯旋有时喊钟红苗一起去，她去过几次觉得没意思。一个人坐在旁边翻手机，有时不耐烦了她会找个理由先回去，然后在路上不断地打罗凯旋的电话。问他什么时候结束，几点回来。其他的人都用一种同情的眼光看着罗凯旋，他看看表说："不早了，回去了！""哎——你走了三缺一呀！是不是你老婆喊你回去？"罗凯旋讪笑道："是呀！太晚了她要不高兴了。""你这么怕她吗？"一个人问道。罗凯旋说："不怕老婆不成野人了吗？"大家都笑了起来，说："赶紧走吧！"

钟红苗迷上弹古筝和画画，她报了单位里的老年大学，学得很认真，但是她好像没有什么音乐和画画的天赋。性格又很要强，什么都想做第一，老年大学搞了一个迎国庆书画展。她画的竹子老师说像揸开的鸡爪子，红苗听了一气不学了。她自己在家看视频学古筝和画画，罗凯旋的同学谁上家来一夸她画得好，钟红苗就裱好了给人送去，茶余饭后还穿着汉服坐在古筝前面弹上一曲。遇上指法不清楚的地方，她就歪着头想。反正大家也不急，就这样静静等着她。等她弹完了大家都松一口气，轻轻地鼓起掌来。

他俩的同学说到罗凯旋和钟红苗这一对，评价道：除了没孩子，其他算是顺风顺水的了。罗凯旋同班的同学因为贪腐问题进去好几个了。他跟胖子有时喝酒，说到这几个"进去"的同学，他说："都是能人、聪明人！这些能人、聪明人都有一个共同点，就是行动力强，什么都能抓一把。我也想升官发财，但一想到过程那么复杂，自己就先泄气了。我嘛——追求的目标就是老婆孩子热炕头，如果有一亩地和一头牛那就更美了。退休了我要到乡下去种点菜。上大学的时候我看过契诃夫的《醋栗》，书里面有一段话是这样讲的：你们也知道，谁哪怕一生中只钓过一条鲈鱼，或者秋天只见过一次鸬鸟南飞，看着它们在晴朗凉爽的日子怎样成群飞过村子，那他已经不算是城里人——我要去乡下弄块地种，这成了我的执念。红苗老说现在菜场卖的蚕豆不好吃，我自己种，胖子到时候你来和我一块种地。"胖子厌恶地挥了一下手说："我可不喜欢种地，我喜欢到处跑。在一个地方待久了我会闷得要死！"

　　接下来这几年里，他们送走了双方的老人，也迎来了自己的老年生活。罗凯旋刚退休时还有些不适应，有人劝他去买只鸟玩玩，他觉得这像个二溜子一样。晚上散步的时候，街上一个散小广告的人塞给他一张纸，上面说离城市一百多公里的地方有个风景优美的大湖，湖边的养老住宅出售。一套才三十几万。他跟红苗商量，说："不如我们在湖边买套房子。我们又不像其他人要带孙子走不开，湖边空气好，我们可以种点菜。另外你以后遛狗的地方也大了，'斯宾诺莎'一天到晚窝在楼上，多伤心啊！"

　　他们搬到湖边已经有四五年了。偶尔回城里一次的时候，都是自己带着睡袋睡在客厅里。罗凯旋对种地的热情让红苗觉得吃惊，她说："你真是返祖了。"罗凯旋说："我们这批人往上推三代大部分是农民，这有什么好奇怪的？"困扰他许久的"三高"也没有了，早晨五点钟，他扛着锄头上山挖地，晚上八点钟上床。

他租了附近农民一处闲置的房子，养了一百多只鸡，鸡蛋吃不掉就让钟红苗拿到镇上的小店，跟人家换日用品。夏天早上红苗睡得正香，就听到罗凯旋起来了。她问："这么早？""山上那块黄豆地要浇水，不然都旱死了。""种种玩玩，你至于吗？""旱死了总不好，反正我也睡不着。""那你早点回来，别像上次似的在地里中暑了。"有一次罗凯旋顶中午时在玉米地里锄杂草，觉得头晕得厉害，浑身发冷，差点倒在地里。回去以后让红苗狠狠地骂了一顿。他一边下楼一边说："不会的，太阳一出来我就回来了。"

每天傍晚的时候，他和红苗沿着湖边散步。他把手里的一个旧棒球扔出去，"斯宾诺莎"立刻撒腿奔出去，把球叼回来。但最近这两年，这条狗不爱动了。有时扔出去，这条狗就看着他，还得罗凯旋自己去捡回来。他举着手里的球骂它："懒狗！"红苗说："是不是老了，跑不动了？""有可能？你说这十年的狗相当于人多少岁？""差不多是八九十岁？"红苗说："你叫一个八九十岁的老头去捡球，不觉得太残酷了吗？"罗凯旋想了想，他举起棒球朝着黑下来的湖面扔过去。球在平静的水面上滑行了一段距离停了下来。"斯宾诺莎"对它看了看，呜呜地叫了几声。它立起身子，头朝向水面，红苗拉拉绳子说："起风了，我们回去吧！"

湖边这个小区有几百套房子，但经常住的不过两三户。有一个女的一个人住在这里，她是与老公离异的。她平常不大理人，罗凯旋扛着锄头出门种地遇到她，跟她点点头。她也微微地点了一下脑袋。有一次地里萝卜收得太多，他与红苗一人背了一口袋从山坡上下来。红苗说："你去问问她要不要萝卜？"罗凯旋就问她："要萝卜吗？我们自己种的。一点农药、化肥都没有用。"那个女人像是被吓到了一样，她站住，脸红了起来，连连摇手说："啊——这个怎么好意思呢？多少钱？我给你们钱吧！"红苗过来说："什么钱不钱的，我们种多了。吃不了这些，你就拿着吧！"然后揪住袋口往地上一倒，倒了有半口袋给她。她说："谢谢！我一个人真的吃不了这么多，我拿两个吧！"她揪住萝卜的根，一手一个走上楼去。红苗歪着头小声跟罗凯旋说："是人？是妖？你在镇上菜场有没有见过她？难道这真是像古书里讲的那种餐风饮露的仙人？"罗凯旋说："你怎么好奇心那么强？""没有好奇心代表人进入老年了，老罗你心态已经很老了，知不知道？""那你呢？""我呀，革命人永远是年轻！"

有一次这个女人的女儿来了，她穿着白色的汉服，脚踩着平衡车，风驰电掣似的在小区里穿梭。钟红苗说这个好玩，就跟着她后面学，学会以后立刻上网去订了一个。她让罗凯旋也试试，老罗说我怕把腿给摔断了。夏末的时候老罗在地里收菜籽，看到钟红苗站在平衡车上过来。她远远地跟他招手，罗凯旋问她到哪里去。她说："我去镇上买瓶酱油——"

现在她躺在这个小盒子里了。罗凯旋没有想到钟红苗会走得这么快。他把装着钟红苗的骨灰盒放在窗口，对着一片盛开的蚕豆花。他自言自语地说："红苗——今年蚕豆长得好呢，你看看吧！我要搬到城里去了……我觉得身上一点劲也没有了。"远处的蚕豆花在风中摇晃，天上云飘过来，在地里投下了一片阴影，云飘走了，每一片叶子都绿得闪光。